CW01266348

Ce Mexicain
qui venait du Japon
et me parlait de l'Auvergne

DU MÊME AUTEUR

Blanche de Bordeaux, Éditions du 28 août, 2007.

Le Front russe, Le Dilettante, 2010 ; Le Livre de Poche, 2012.

La Campagne de France, Le Dilettante, 2013 ; Le Livre de Poche, 2014.

Comme un karatéka belge qui fait du cinéma, Le Dilettante, 2014 ; Le Livre de Poche, 2015.

Antoine Blondin, essai, Éditions Nouvelles Lectures, coll. « Duetto », 2016.

JEAN-CLAUDE LALUMIÈRE

Ce Mexicain qui venait du Japon et me parlait de l'Auvergne

ROMAN

Ouvrage publié sous la direction
de Serge Safran

Strange
How the world got so small...

« Shanghai Sky »,
de l'album *Big World*,
Joe Jackson.

Prologue

Ça ne va quand même pas finir comme ça ! À dix mille kilomètres de chez moi ! J'ai cru à un coup de fatigue, mais ce ne sont pas mes jambes qui ne me portent plus, c'est le sol qui se dérobe. Tout vibre autour de moi, tout tremble. Pour garder l'équilibre, je me lance dans une succession de mouvements incohérents, cherche à m'agripper à n'importe quoi, dans le vide. En vain. L'air, c'est mou. Insaisissable. Et le sol n'est plus vraiment ferme.

Je me retrouve vite par terre. Au-dessus de moi, les panneaux signalétiques de l'aéroport se balancent au bout de leurs chaînes puis, à mesure que les secousses s'accentuent, sont saisis de spasmes, se débattent, cherchent à se libérer comme pour fuir en lieu sûr.

C'est bien connu, lors des tremblements de terre, il faut se réfugier sous le chambranle d'une porte, qui résistera mieux en cas d'effondrement. Les seules portes que j'aperçois sont celles des vitrines de la galerie commerciale. Du verre. Mieux vaut s'écarter. L'idéal serait de se rassembler sur le tarmac, s'étendre là en espérant la fin du séisme. Mais les mesures de sécurité préviennent toute intrusion sur les pistes.

Une table. Une table sous laquelle se blottir pour éviter la chute des lattes de métal du plafond, des blocs de béton peut-être. Je cherche autour de moi. Les passagers, jusque-là, patientaient en espérant que leur vol n'aurait pas de retard. À présent, ils veulent simplement survivre. Je peux le lire dans leurs regards, dans leurs postures : prostrés, agrippés à leur chariot à bagages, serrés l'un contre l'autre pour ce couple de retraités qui paraît attendre son heure dernière. Je ne veux pas périr dans cette catastrophe.

J'aperçois un espace vide sous un étal de confiseries. Un refuge ! D'abord à quatre pattes, j'avance. Un bruit sec de métal résonne. Sur ma droite, un panneau « EXIT » vient de tomber. Le tremblement de terre se fait plus violent. De l'étal que je vise, des barres de Toblerone géantes, des boîtes de bonbons tombent, s'ouvrent pour certaines en percutant le sol. Les bonbons se répandent. C'est le chaos, la fin du monde.

Sans plus tarder, je me relève, m'élance, cours pour atteindre mon but, non sans difficulté, en constant déséquilibre. Enfin dans la boutique. Je suis à deux mètres de la table lorsque tout bascule. Emporté, mon corps tourneboule, cul par-dessus tête, dans un saut périlleux presque parfait. Presque seulement : j'ai toujours été nul en gym. « Pensez à Nadia Comaneci ! » Le prof mettait la barre trop haut. Me figurer la petite Roumaine, légère et virevoltante, me clouait au sol. Mes roues étaient voilées, mes roulades désordonnées, mes réceptions ressemblaient à l'atterrissage d'un Flanby dans sa coupelle. Aujourd'hui encore, je ne brille pas. Ma révolution est incomplète ; mon visage heurte le sol en premier. Juste avant, j'ai le temps d'apercevoir les M&M's sur lesquels j'ai posé le pied et qui ont provoqué ma chute.

Je suis étendu sur le ventre, sonné. Je peux sentir sous mon corps les dragées de chocolat, les compter une à une comme les moutons avant de sombrer dans le sommeil. Une douleur au front me lance. Mon crâne s'est-il ouvert sous le choc ? Contrairement à ce qu'on raconte, je ne vois pas défiler ma vie devant mes yeux. Et tandis que la terre continue de trembler, je perds connaissance en répétant : « Ça va donc finir comme ça. »

Je n'aurais pas dû répondre à cette petite annonce.

1

Promesses de voyages

La description du poste était vague, mais une précision a tout de suite attiré mon attention : « nombreux déplacements en France et à l'étranger à prévoir ». Pour moi qui n'avais que très peu voyagé, cette précision était riche de promesses. Sans hésiter, j'ai envoyé ma candidature.

Trois semaines plus tard, me voici à Paris pour un entretien d'embauche. J'ai quitté Saint-Pierre-d'Oléron à l'aube. À Angoulême, j'ai pris un TGV et deux comprimés contre le mal des transports. Je n'ai rien dit à ma mère. Elle croit que je passe la journée à La Rochelle avec un camarade d'université. Inutile de l'alarmer ; rien n'est acquis. Pourtant, à la lecture de l'annonce, j'ai su que ce poste m'était destiné.

Je me présente à l'heure indiquée sur la convocation, pousse une lourde porte de verre. Un huissier m'indique l'ascenseur. On m'attend au sixième étage. Pour me mettre en condition, je fredonne *Eye of the Tiger*. Je suis Rocky, rien ne m'arrêtera. Un *killer* ! Ce travail est pour moi : chargé de l'accroissement du rayonnement extérieur de la Cité de l'Air du temps.

Je sors de l'ascenseur. Une baie vitrée ménage une vue panoramique sur la capitale. Je ne pensais pas qu'une ville pût s'étendre si loin à l'horizon. Cette ville, si vaste, est aujourd'hui à mes pieds.

— Monsieur Lechevalier ?

Je confirme : Benjamin Lechevalier.

L'homme s'avance, me tend la main.

— Bonjour, je suis le responsable du service du rayonnement. François Petitclercq de Grétanquin.

Impossible de ne pas chercher la contrepèterie.

— Suivez-moi, poursuit-il, Mme Choquette, notre directrice des ressources humaines, nous attend dans mon bureau.

L'appellation convenue de DRH me déçoit. Après le « rayonnement », on aurait pu imaginer une directrice du « bien-être » ou de « l'épanouissement des employés ».

Je salue Mme Socquette.

— *Choquette*, corrige-t-elle sèchement.

Sans doute pour dissiper le malaise, M. Petitclercq de Grétanquin pose une première question.

— Avez-vous déjà voyagé à l'étranger, monsieur Lechevalier ?

D'entrée de jeu, la question désarçonne. Je m'attendais plutôt à présenter mon parcours, ou à discuter des aspects techniques liés au poste proposé. La question me gêne d'autant plus que je n'ai pas beaucoup de voyages à mon actif, sinon une expédition scolaire en Italie et une classe de neige en Andorre. D'ailleurs, Andorre est-elle vraiment un pays étranger ?

Sans laisser deviner ma surprise, je déroule avec application la courte liste des pays et des villes que j'ai visités, m'attarde chaque fois sur leurs richesses culturelles. Cela peut séduire mes hôtes dont l'établissement est rattaché au ministère de la Culture. Je n'hésite pas à embellir, tentant de me présenter sous mon meilleur jour. Et ce meilleur jour, hélas, se trouve dans la zone peu glorieuse du mensonge. Je résume donc mes rares excursions au-delà de nos frontières en les agrémentant de quelques détours imaginaires. Ainsi, je raconte les allers-retours en Espagne, effectués dans la journée avec mes parents. Je m'abstiens d'avouer leur but : acheter de l'alcool et des cigarettes bon marché. Je vante la beauté de San Sebastián, la vieille ville, la promenade du front de mer, XIXe siècle, préservée malgré le bétonnage constaté sur Internet. J'enchaîne. Voyage en Toscane du temps du lycée : les Offices, le *Duomo* de Florence, la ville de Sienne et sa fameuse place en forme de coquillage, sans préciser comment, avec quelques camarades, nous avons faussé compagnie au reste de la classe, écumé les bars et comparé les vins italiens avec la piquette charentaise à laquelle nous avions été élevés. Je termine avec le point d'orgue de mon intervention, qui va, j'imagine, impressionner mes recruteurs.

— Enfin, j'ai passé une année dans le nord de l'Angleterre, comme assistant de français à la Royal Grammar School de Newcastle upon Tyne.

Choquette et Petitclercq de Grétanquin restent de marbre.

J'insiste :

— Tout là-haut, dans le Nord.

Non, rien.

2

Les oiseaux

Au moins, cette expérience me préserve de l'inéluctable question qui, dans d'autres circonstances, dissimule une corvée de patates, voire pis : « Parlez-vous anglais ? » Qu'ils la passent m'arrange bien. Mon anglais est d'un piètre niveau. Ce dernier mensonge a pour unique objectif d'éviter le sujet.

Sans réaction notable de mes interlocuteurs, je poursuis, décris mes excursions le long du mur d'Hadrien, les lacs de la région de Carlisle, la ville d'York, le château d'Édimbourg et, *last but not least*, North Berwick et son rocher blanc, Bass Rock, dont la couleur est due à la colonie de fous de Bassan qui l'occupe. Ce dernier point capte enfin l'attention de Mme Choquette. Pour la première fois, son regard s'anime. Sans doute m'en veut-elle d'avoir écorché son nom car elle est restée impassible jusque-là. À ses côtés, Petitclercq de Grétanquin m'encourage par des mimiques qui semblent signifier : « Vas-y coco, tu es sur la bonne voie. » Si les fous de Bassan éveillent Mme Choquette, c'est que je suis en présence d'un spécimen de fonctionnaire sédentaire assez courant. Je la devine passionnée de documentaires animaliers, fidèle de *Thalassa*, nostalgique de *Trente Millions d'amis*. J'entre donc dans les détails pour cet épisode et reprends mot pour mot le récit que m'en avait fait Marc, un camarade d'université auquel je dois cette expérience outre-Manche, lorsqu'il était revenu à La Rochelle.

— Pour atteindre Bass Rock, il faut louer les services d'un guide qui vous conduit en bateau jusqu'au rocher. J'ai fait cette excursion à l'automne. La mer était très agitée. Un vent glacial venait du nord. Plus on avançait, plus le rocher semblait prendre vie. Ce n'est qu'en arrivant à deux ou trois cents mètres du but de l'excursion que les détails apparaissent et que le spectacle prend tout son sens. Des milliers d'oiseaux sont là qui occupent le moindre centimètre carré où il est possible de nicher. Le plus surprenant, c'est le vacarme. Imaginez tous ces fous de Bassan criant de concert à notre approche, effrayés par notre présence, inquiets pour leur progéniture.

Mme Choquette est captivée. Je l'ai même vue frissonner quand j'ai mentionné le vent du nord.

— Bien ! Je crois que nous avons tout ce qu'il nous faut, conclut soudain M. Petitclercq de Grétanquin.

Nous n'avons pas abordé les questions techniques et déjà l'entretien prend fin. Certes, qu'ils les évitent m'arrange. Malgré la consultation de quelques magazines spécialisés à la bibliothèque municipale de Saint-Pierre ou la lecture de la rubrique « économie » du *Littoral de la Charente maritime*, mes connaissances sont maigres. J'aurais aimé savoir cependant si celles-ci pouvaient faire illusion, si les quelques formules tape-à-l'œil que j'avais apprises par cœur, sans être sûr de leur sens, pouvaient impressionner. Qu'ai-je donc dit qui lui a déplu ? Me suis-je mépris dans l'interprétation des clins d'œil, hochements de tête et autres signes du responsable du rayonnement ? Était-il en train de me signifier que je faisais fausse route ? Et moi, m'égarant, j'ai creusé dans la mauvaise direction, je me suis enfoncé. Je lance un regard mi-suppliant, mi-interrogateur, puis mi-suppliant à nouveau à Mme Choquette, mais celle-ci se contente d'appuyer les propos de son collègue.

— Tout ce qu'il nous faut, en effet. Nous vous contacterons bientôt.

Je devine bien ce que cache une telle formule. Dépité, je me lève en remerciant mes deux bourreaux. Je suis venu à Paris pour rien.

— Je vous raccompagne jusqu'à l'ascenseur ! lance M. Petitclercq de Grétanquin.

À peine sommes-nous dans le couloir, il ferme la porte derrière nous, pose sa main sur mon épaule.

— C'était parfait !

— Ah bon ?

— Oui, mais j'ai bien cru que vous alliez nous perdre avec votre histoire de volatiles. J'ai préféré couper court.

Du coup, je ne comprends pas ce qu'il considère comme « parfait » dans cet entretien.

— Figurez-vous que nous n'avons reçu que deux candidatures. Entre nous, je l'avais dit. Une petite annonce en plein mois d'août, c'est une mauvaise idée. Votre concurrent est une fille qui travaille ici, au service du courrier.

Son entretien a été une catastrophe. Malgré ça, Mme Choquette était prête à lui confier le poste si vous n'aviez pas fait l'affaire. Vous imaginez ?

— Oui, euh... enfin non, pas vraiment.

— Peu importe. Ce qui compte c'est que vous veniez. Vous viendrez, n'est-ce pas ?

En me demandant cela, il fait un pas vers moi. J'ai l'impression qu'il va me prendre dans ses bras.

— Oui, bien sûr, je viendrai.

— Je compte sur vous alors. Dès le 1er octobre. Ne me faites pas faux bond.

— Dites-moi, monsieur Petitclercq de Grétanquin...

— Monsieur Petitclercq suffira.

— Dites-moi, monsieur Petitclercq, pourriez-vous me dire en quoi consiste ce poste de « chargé de l'accroissement du rayonnement extérieur » ? L'annonce ne donnait pas de détails.

— Vous vous occuperez de la promotion internationale. Notre établissement est moderne mais en dehors de nos frontières, personne ne le sait. Et puis la concurrence est rude. Les Anglais nous font du tort, comme toujours, les Américains nous surpassent, comme toujours aussi. Et je ne vous parle pas des Japonais !

— Pourquoi donc ?

— Parce que je n'ai pas le temps. Il faut travailler Choquette pendant qu'il est chaud, enfin, battre le fer, enfin, vous m'avez compris. Vous aurez aussi la province à développer, en attendant le recrutement du chargé du rayonnement intérieur. Nous rayonnons à l'international mais aussi en province, « en région » comme il convient de dire aujourd'hui. Bon, je vous laisse.

Sur ce, il tourne les talons. Je ne sais si je dois bondir de joie, effectuer une danse de la victoire ou me méfier de l'étrange tournure de cet entretien. La situation n'est pas de celles que l'on peut qualifier de glorieuses.

Me voici donc chargé de la promotion internationale (et nationale en attendant mon futur collègue) de la toute nouvelle Cité de l'Air du temps voulue pour engager résolument le pays sur les rails de la modernité, des rails à sens unique. Inutile de regarder en arrière. Pour avancer, il faut être dans son époque, dans le présent. Telle est, à ce que j'ai pu lire dans la presse, la volonté des créateurs de cette institution. Foin du passé, d'autant que cela fait bientôt dix ans que l'équipe de France de football a décroché son titre de championne du monde. L'esprit black-blanc-beur a fait long feu, la crise sévit et n'arrange pas le moral des troupes. L'urgence est de tourner la page.

Quand je débouche sur le parvis, la ville résonne des bruits de la circulation. En regagnant la station de métro, je réalise que je vais devoir quitter Oléron, mon île, ses plages et sa quiétude. Bientôt le vrombissement des moteurs, les coups de klaxon auront remplacé la rumeur des vagues, le cri des mouettes. Une sourde angoisse me gagne. Il va falloir annoncer la nouvelle à ma mère.

3

Dolce vita ?

Dès le premier jour, Petitclercq me demande de préparer un déplacement en Italie. À peine le temps de passer par le service de Mme Choquette, signer quelques papiers, récupérer mon badge et ma carte de cantine, qu'il me faut entrer dans le bain. Dans quelques semaines, je participerai à la BITE ! À Milan. Lorsque mon responsable me l'annonce, je ne laisse rien paraître de mon ignorance sur cet acronyme douteux. De retour dans mon bureau, je fonce sur Google. Le monde est à portée de main grâce au moteur de recherche. Le plus souvent, comme beaucoup, j'y tape mon nom. Pas cette fois : « BITE de Milan ». J'espère que personne ne viendra regarder par-dessus mon épaule. Je ne sais ce qui serait le plus gênant : être pris pour un usurpateur qui ignore tout du domaine dans lequel il doit intervenir ou être perçu comme un obsédé sexuel. Sur mon écran, s'affichent des images qui encouragent à la modestie. Serait-ce le surnom d'un acteur porno ? Le cinquième résultat m'éclaire enfin : Bourse internationale du tourisme. Autrement dit la BIT, sans E.

Sur le mur derrière mon bureau, j'ai accroché une carte du monde. J'épinglerai bientôt la capitale économique italienne, et bien d'autres villes après elle.

Entre deux appels, pour réserver l'avion ou l'hôtel, fixer un rendez-vous, je me remémore mon séjour en Toscane. Année de terminale, voyage en bus et arrivée au petit matin, fourbu comme tous mes camarades après une nuit mouvementée, sans sommeil. Et vlan : visite de la carrière de marbre de Carrare. La beauté parfaite du *David* de Michel-Ange nous attendait à cent trente kilomètres de là. Pour l'heure, trop matinale à notre goût, nous ne faisions pas encore le lien entre ce trou dans lequel stationnaient quelques engins, camions et tractopelles, et le chef-d'œuvre du maître florentin. Notre professeur d'italien tentait bien de nous intéresser au procédé d'extraction de la noble matière, citant Michel-Ange lui même qui prétendait « trouver » ses sculptures dans le marbre. En vain. Tout ce que nous souhaitions, c'était un café. Mais à six heures, rien dans la petite ville de Carrare n'était encore ouvert.

Cette fois, je serai à l'abri de ce genre de désagréments. Je voyagerai seul, l'organisation de mon emploi du temps ne dépendra que de moi. Prévoyant, je révise mon italien, répétant le peu qu'il me reste des cours de Mme Bernini : *Mi chiamo Benjamin Lechevalier, Dove si trova la stazione ?, Una birre alla spina per favore, Prego*… Mes collègues me regardent d'un air étrange quand, dans les couloirs, je les salue d'un *Buongiorno* guilleret. J'envisage même d'acheter un costume de coupe italienne (c'est ce que je demanderai au vendeur même si je ne sais pas à quoi cela peut bien correspondre) et des chaussures pointues ; c'est ainsi que je me figure l'élégance transalpine. À vrai dire, en dehors du *Calcio* et de la Juventus de Turin, je ne sais rien de l'Italie. J'ignore si les images qui traînent dans ma mémoire proviennent de mon séjour là-bas ou de *Chambre avec vue*, le film de James Ivory. Sans doute, d'ailleurs, est-ce en partie à cause du roman de Forster dont il est adapté que Florence est associée dans mon esprit à la fin de l'adolescence. Sur la piazza Signora, là même où, sous la plume du romancier anglais, l'enfance de Lucy Honeychurch et de George Emerson « s'engage[ait] sur le chemin bifurquant de la jeunesse », mes camarades et moi, insouciants, posions, en touristes, pour une photographie devant la fontaine de Neptune, à l'endroit même où, dans l'histoire, un homme poignardé perd la vie. L'austérité du lieu, encombré de vacanciers, nous échappait. Peut-être aurions-nous dû prêter attention au baratin de notre prof qui s'attardait sur les statues de la place « lesquelles n'évoqu[ai] ent pas l'innocence enfantine ou la gloire des jeunes étonnements mais la conscience d'une maturité achevée ». Quelques semaines après, nous passions notre baccalauréat. Une autre vie nous attendait à l'université, dernière ligne droite de notre jeunesse qui pour moi a pris fin, me semble-t-il, avec mon départ d'Oléron.

Quand j'ai annoncé ce départ à ma mère, elle s'en est réjouie, à ma grande surprise. J'en étais même un peu vexé. Je ne l'imaginais pas réagir aussi bien. Sans espérer un mélodrame, j'escomptais au minimum la manifestation d'un regret à la perspective de notre séparation.

— Te voilà sorti d'affaire, mon petit.

Née avant-guerre, ma mère avait connu les Trente Glorieuses. Elle avait vu mes aînés entrer sur le marché du travail au moment où celui-ci ressemblait à un étal mal achalandé. Depuis, il avait pris les allures d'une épicerie soviétique. Ma situation n'avait rien pour la rassurer, ballotté que j'étais de CDD en CDD, souvent à temps partiel, depuis la fin de mes études. Sa crainte de voir *son petit* finir chômeur de longue durée ne faisait que s'accroître. Je ne suis plus vraiment petit mais il en est ainsi de la position du dernier qui, aux yeux de celle qui vous a donné la vie, vous installe pour toujours dans un monde où le temps s'est arrêté. Les choses sont figées, s'empoussièrent, se dégradent, se délitent mais n'évoluent pas. Tout doit rester en place jusqu'à l'effondrement.

Elle a poursuivi, révélant alors les raisons de sa réaction si positive à l'annonce de mon départ.

4

Il est parti !

— Nous allons donc nous installer à Paris.

Une sueur froide a perlé sur mon front.

— Non, maman, l'ai-je détrompée sans tarder. *Je* vais m'installer à Paris.

— Comment ça ? Tout seul ? Mais comment vas-tu faire ?

— Comme tout le monde. Je vais me débrouiller.

— Et ton linge ? Qui va s'occuper de ton linge ?

— Maman, j'ai trente-six ans. Il est temps que je vive ma vie et que tu vives la tienne.

Cette réplique, grandiloquente et même un tantinet ridicule, n'est qu'un raccourci édulcoré de notre conversation, bien plus vive en réalité. Durant notre échange, ma mère a évoqué entre autres mon ingratitude, le tragique destin des mères abandonnées, sa mort prochaine, la cuisine qu'elle ne ferait plus puisque plus personne ne la partagerait avec elle désormais, etc. Je vous épargne la partie où j'ai dû lui révéler que mon travail m'amènerait à voyager. Que je puisse prendre l'avion l'inquiétait par-dessus tout. Sur ce point, je n'étais pas rassuré non plus. Malgré les statistiques en leur faveur, j'ai, dans les avions, une confiance tout à fait limitée. Entendre ma mère imaginer l'annonce du crash ayant causé ma mort n'arrangeait rien à l'affaire.

Depuis la disparition de mon père dix ans plus tôt, sans laisser d'adresse, ni même nous tenir au courant de sa nouvelle vie, ma mère s'accrochait à moi comme à une bouée de sauvetage. Il n'est jamais simple d'être le dernier de la fratrie. Ma mère avait réussi à faire de cette situation une véritable épreuve, celle du labyrinthe, endossant à la fois les rôles de Minos, commanditaire de cette construction complexe, et de Dédale, son architecte. Le rôle d'Ariane lui aurait tout aussi bien convenu. À une différence près : le fil qu'elle projetait de dérouler était attaché à ma cheville et il était censé me ramener au plus vite à l'intérieur du labyrinthe.

— Tu reviendras me voir ?

— Bien sûr, maman, j'aurai des vacances.

La perspective de les passer chez ma mère ne m'enchantait guère. J'espérais de nouveaux amis à Paris, parmi mes collègues peut-être. Je me consolais : il me serait toujours possible de partager de bons week-ends en leur compagnie. C'était beaucoup demander.

— Les vacances ? Tu ne vas pas attendre les vacances pour revenir ! Et les week-ends ?

Mon dernier atout fut d'invoquer les lourdes charges que ferait peser sur mon budget la vie parisienne. Ma mère s'était alors lancée dans un discours mêlant l'oppression des classes laborieuses sur lesquelles s'abattaient sans cesse le joug de l'arbitraire, l'injustice sociale et les délocalisations forcées, l'exploitation du peuple par le grand capital et l'avidité des spéculateurs immobiliers. Je cite dans le désordre, de façon très approximative. J'avoue n'avoir jamais prêté une oreille très attentive aux élucubrations partisanes de mes parents. À chaque élection, bien qu'ayant déchiré leur carte après le discours de Khrouchtchev en 1956, ils hésitaient entre voter pour le candidat du Parti ou rejoindre le mouvement socialiste rénové après le congrès d'Épinay-sur-Seine, passant ainsi aux yeux de ma grand-mère maternelle pour des sociaux-traîtres. Combien de repas de famille ont été abrégés par leurs prises de bec ? Quand j'étais petit, je priais secrètement pour que la bataille ne commençât pas avant le dessert, trop souvent gâché à mon goût quand il n'était pas tout bonnement ajourné. Or ma semaine ne trouvait de sens que dans la perspective de la spécialité de ma mère, une tarte aux pêches qu'elle apportait toujours en s'excusant parce qu'elle n'était pas présentable.

— Moi aussi j'aurais pu partir, avait repris ma mère une fois calmée.

Pas simple de poursuivre après une telle assertion. Ce « moi aussi » faisait-il référence à mon départ ou à la disparition subite de mon père ? Je jouai l'étonnement allusif et interrogateur :

— Ah bon ? Et où ça ?

— En Savoie. Quand j'avais treize ans. Mes parents m'y avaient envoyée pour l'été, chez des amis. Ces gens-là n'avaient pas d'enfants. À la fin des vacances, ils ont écrit à ta grand-mère pour dire qu'ils étaient prêts à m'adopter.

— Drôle d'idée...

— Il faut les comprendre. Eux n'avaient pas d'enfants. Chez nous, il y en avait quatre. Ils se sont dit sans doute que tes grands-parents pouvaient bien leur en céder un. Ils vivaient dans une grande ferme. J'aimais beaucoup cet endroit, le village, les animaux, la montagne.

— Tu regrettes ?

— Non ! Pas du tout ! Qu'est-ce que tu vas croire ?

— Alors pourquoi me racontes-tu cette histoire ?

— Je ne sais pas. En tout cas, moi, je ne t'empêcherai pas de partir. À quoi bon ? De toute façon, c'est pas mon fort. Même ton père je n'ai pas réussi à le convaincre de rester.

— Peut-être que je finirai par le retrouver ?

— Qui donc ?

— Papa.

Elle n'avait rien dit mais son visage s'était légèrement éclairé.

Contre toute attente, quelques semaines après, mon départ s'est fait dans la sérénité, sans excessive effusion de larmes. J'avais persuadé ma mère de ne pas m'accompagner à la gare routière, lui avais promis d'envoyer une carte postale de chacun de mes voyages. Tandis que l'autocar m'éloignait de Saint-Pierre, qu'un léger vertige à l'idée de m'installer seul à Paris me gagnait, je l'imaginais se précipitant sur le téléphone pour appeler notre frère aîné, comme toujours quand elle se sent perdue, afin de s'épancher longuement après avoir annoncé sans préambule, ni même un simple *allô* de convention :

— Ça y est, il est parti !

Cette même phrase, je la prononce à mon tour, à propos de Petitclercq qui s'envole pour

Milan. Quelques jours avant, il m'a convoqué dans son bureau pour m'avertir qu'il se rendait en Italie à ma place. Il doit penser qu'il est prématuré de m'envoyer en mission, que je ne suis pas prêt. Je remballe ma fierté et mon italien mais commence à nourrir des doutes. Vais-je rester coincé entre quatre murs, réduit aux basses besognes pendant que le plus haut gradé du service profite des voyages ? Y a-t-il eu tromperie sur la marchandise ?

Remontant le fil de la conversation avec Choquette et Petitclercq, je répète *in petto* les questions qu'ils m'ont posées, leurs réactions à mes réponses. Nulle trace du début d'une allusion à ces déplacements. Déjà l'envie d'arracher la carte du monde accrochée au mur de mon bureau me gagne. Dès que j'y retournerai, je la roulerai en boule, la piétinerai, la réduirai en confettis puis la jetterai à la corbeille. Je tente de me raisonner. Je n'ai pas pu me tromper à ce point. Je n'ai pas pu être aveuglé par une simple mention entre parenthèses : (nombreux déplacements en France et à l'étranger à prévoir). La répéter lui donne soudain un tout autre sens. Est-il possible que je me sois laissé berner par la formulation, que mon rôle ne consiste qu'à *prévoir* les nombreux déplacements en question ? Ceux d'un autre. Bien décidé à me défendre, je jure de relire dans le détail la liste de mes missions. Il va voir, Petitclercq, de quel bois je me chauffe.

Ce dernier me détrompe.

— Je viens de recevoir un appel du responsable de la promotion au Comité régional du tourisme, dit-il. Nous sommes invités à la rencontre des professionnels londoniens qu'ils organisent. Comme vous connaissez bien l'Angleterre, je me suis dit que vous pourriez y aller. Et comme cela se passe en même temps que le salon de Milan, j'irai en Italie.

Partir, enfin ! Je sors du bureau de Petitclercq et remonte le couloir. Je fredonne *There's a New Man in Town* que je mixe avec *I've Got the Power* et *We are the Champions*. Dès que je m'installe à mon bureau, je décroche le téléphone et j'appelle ma mère. Mon premier déplacement... Il faut que la nouvelle fasse le tour de l'île d'Oléron.

5

London calling

Depuis que j'ai commencé ce travail, je rêve de prononcer cette phrase. À mes oreilles, elle sonne comme une réplique de film dans lequel des *businessmen*, sûrs d'eux, n'ont pas la faiblesse de s'imaginer en artistes. Ils ne souffrent ni du blues ni du décalage horaire, foncent droit devant, sans scrupule, ni mauvaise conscience. Bien vite je me calme. Je n'oublie pas ma position d'employé subalterne, soumis au bon vouloir de Petitclercq et au forfait journalier. Évidemment, dire que je rêve de prononcer cette phrase est un effet de manche, de la rhétorique de bas étage, une exagération guère brillante. À bien y regarder, cette phrase, réponse au fournisseur qui me demande au téléphone s'il est possible de venir présenter les services proposés par sa société, ne mérite pas de passer à la postérité.

— Demain, je ne peux pas, je suis à Londres, mais jeudi, oui, c'est possible.

Je vous avais prévenus. Il ne fallait pas vous attendre à l'une de ces phrases citées dans les dîners en ville pour faire chic ou données en exemple aux étudiants par les professeurs de lettres.

Le lendemain, je pars donc à Londres. Le soir, avant de quitter le bureau, Petitclercq me fait répéter le discours à tenir face aux agents de voyages.

— Vous leur parlez des salles dédiées à la téléphonie mobile, à la téléréalité, aux nouveaux modes de transport…

— Quels nouveaux modes de transport ?

— Le vélo, la trottinette, les patins à roulettes… Les rollers, devrais-je dire. Dans dix ans tout le monde se déplacera ainsi, croyez-moi. D'ailleurs, à Londres, nous visons les *citybreakers*. Ils sont jeunes, modernes, ils bougent. Il nous les faut !

Je ne sais pas ce qu'est un *citybreaker*. Pour ne rien en laisser paraître, je fais diversion.

— Il faut aussi penser à ceux qui viennent à Paris pour le week-end.

Petitclercq semble surpris par ma remarque.

— Mon petit Benjamin, il faut vous mettre à la page. Plus personne ne part en week-end, ou alors à la campagne. Les gens font des *citybreaks* maintenant. En tout cas, aux Anglais, vous leur parlez de notre Cité. En commençant par l'architecture, c'est important, car notre bâtiment symbolise l'air du temps.

Dans la partie qui accueille le public, l'architecte a réussi à annihiler toute perspective. Où qu'il se place, le visiteur est limité dans sa vision. Son regard est arrêté. Selon lui, « la perspective, ce trompe-l'œil naturel qui vous fait imaginer quelque chose de meilleur ailleurs, n'a pas sa place ici. La perspective est un regard au loin, sur l'avenir ou sur le passé, or les visiteurs sont invités à se concentrer sur le présent. Voilà l'objet de la Cité de l'Air du temps ». J'ai beau relire les *verbatim* de l'architecte dans notre plaquette de présentation, je n'adhère pas à cette vision de la Cité. Mais Petitclercq l'approuve. Et je ne suis pas là pour remettre en question le projet de l'institution. Certaines lacunes m'étonnent pourtant.

— Nous n'avons pas de salles consacrées à la crise économique, à la montée du fondamentalisme religieux, de l'extrême droite, au terrorisme, à la guerre en Irak, au chômage ?

— Vous n'avez pas bien saisi l'ambition de ce projet, mon petit Benjamin. Il s'agit de donner confiance en notre époque. La Cité de l'Air du temps est récréative avant tout. Il ne faut rien évoquer d'anxiogène. La salle des précautions est là pour écarter tout ce qui pourrait l'être. Car la peur est un frein au tourisme. Vous connaissez l'expression : « Quand le tourisme va, tout va. » Le principe de précaution est une invention formidable, n'est-ce pas ?

Sa question n'attend pas de réponse. Je m'abstiens de lui dire que la salle de la téléréalité est la plus anxiogène à mes yeux. Je ne vois pas comment une telle salle peut donner confiance en notre époque. Je ne relève pas non plus l'installation des verrous à l'extérieur des toilettes, afin de symboliser, selon l'architecte, « l'engouement pour les réseaux sociaux et le partage généralisé de la vie privée ». Nulle part cette intention n'était signifiée dans le projet. Je crois plutôt que les ouvriers ont monté les portes à l'envers.

— Pourquoi avoir choisi le nom de Cité ? Le musée de l'Air du temps aurait bien mieux sonné à l'oreille.

— Qu'est-ce que vous racontez ? La Cité, c'est rassembleur, moderne. Le musée, c'est le passé, la poussière. Avez-vous remarqué ? Cité, qu'elle soit des sciences ou de l'architecture, s'écrit toujours avec une majuscule, alors que musée s'écrit avec une minuscule. La preuve que nous sommes dans le vrai.

J'ai envie de lui répondre que nous ne sommes dans rien du tout avec ce genre d'arguments mais je suis en période d'essai. Petitclercq peut me donner mon congé à tout moment, me renvoyer à Oléron.

— Et surtout, poursuit-il sans daigner échanger davantage sur le sujet, n'oubliez pas de parler de notre nouvelle salle dédiée à la pornographie. C'est un fait incontestable, avec Internet, cette industrie gagne du terrain dans notre société. Elle est même florissante. Ils ne sont pas si fréquents les secteurs qui marchent en ce moment. En revanche, je ne comprends pas pourquoi c'est une marque de yaourt qui est mécène de cette salle.

Je suis surpris d'entendre Petitclercq utiliser *mécène* et non *sponsor*, plus moderne pourtant. L'époque est à l'*upgrading* : la femme de ménage est promue technicienne de surface, les imbéciles, sous l'influence de la pensée positive, sont devenus réfractaires au rationnel et les enfants qui, en classe, regardent par la fenêtre ne rêvent plus mais sont atteints de troubles du déficit de l'attention. L'air du temps exhale les senteurs d'une société qui pète plus haut que son cul.

— Une marque de yaourt ? demandé-je, surpris.

— Oui, Jacquie et Michel. Des yaourts fermiers, je crois, ou biologiques.

— Vous confondez avec Michel et Augustin, monsieur Petitclercq.

— Peut-être. De toute façon, moi, j'y connais rien, je suis intolérant au lactose.

La nuit qui précède mon départ est agitée. L'angoisse de ma première mission perturbe mon sommeil, me donne des cauchemars : Jacquie et Michel, promoteurs du porno amateur, et Michel et Augustin, spécialistes des yaourts bio-rigolos, s'associent pour *co-brander* sous la marque Jacquie, les deux Michel et Augustin, un nouveau courant de films pornographiques, la comédie porno laitière (*Dairy porn comedy* pour les Anglais), que je dois présenter à une assemblée d'agents de voyages londoniens assis face à moi, nus mais coiffés de chapeaux melon. Chaque fois que je m'apprête à ouvrir la bouche, un pet sonore retentit dans mon dos suivi de la voix de Petitclercq qui s'excuse de son intolérance au lactose. Quand le réveil sonne, j'ai un instant de doute sur la viabilité d'un tel projet, mais je chasse bien vite ces pensées : une journée outre-Manche m'attend.

Je me rends en Angleterre pour la première fois. Pourtant, j'ai l'impression de connaître ce pays tant Marc m'en a parlé à son retour de Newcastle. Je ne peux pas lui en vouloir. C'est certainement grâce à lui si j'ai obtenu ce poste. Du coup, pour une première sortie, j'aurais préféré une destination inconnue, une véritable découverte. Comme je débute dans la carrière de voyageur, quand je parle de destination inconnue, je ne pense pas à la Nouvelle-Zélande, ni à la Mandchourie, encore moins à la Terre de

Feu. J'ai bien conscience de mes limites. Je sais que pour durer, il faut démarrer en douceur. Le Luxembourg contenterait mon désir d'exotisme. Enfin, je ne connais pas Londres et ne boude pas mon plaisir à l'idée de traverser la Manche.

6

Transports amoureux

L'Eurostar me ramène à Paris. Je ne connais toujours pas Londres. Certes, je n'y suis pas allé pour faire du tourisme et c'est une chose à laquelle je m'attendais, mais la réalité a été encore plus frustrante que l'idée même de ces quelques heures là-bas. Je voyage avec une délégation de professionnels de Paris et ses environs représentant un éventail de ce que le touriste peut espérer de mieux lorsqu'il visite la région : hôtels, croisières sur la Seine, châteaux, musées...

Nous avions rendez-vous à six heures quinze à la gare du Nord, dans le hall réservé à l'Eurostar. Je m'y suis présenté, sautillant malgré le réveil aux aurores, retrouvant un instant l'enthousiasme des voyages de fin d'année à l'école primaire. Cette fois, mon sac ne contenait ni sandwich préparé par ma mère, ni sachet de chips, ni ma gourde en plastique remplie de Pschitt à l'orange, mon préféré. Dans mon bagage, une petite bouteille d'eau seulement et la documentation destinée à mes interlocuteurs londoniens. À la vue du groupe de professionnels avec lesquels je devais passer la journée, j'ai ravalé mon allégresse. J'ai d'abord pris leur attitude pour une sorte de retenue, adoptée par mes compagnons pour s'approcher au mieux du légendaire flegme britannique. Grâce aux récits de mon ami Marc, je connais bien cette impassibilité de façade qui dissimule des transports intérieurs mouvementés. Les *Geordies* qu'il m'a décrits semblaient moins policés que les Londoniens, mais à peu de choses près, on était confronté à la même assise culturelle, façonnée par la lecture des romans de Jane Austen et de Charles Dickens, nourrie au *roast beef* et au *fish and chips*. Dans le train, où l'on nous a servi un copieux petit déjeuner annonciateur d'une journée marathon, j'ai décelé la vérité : mes nouveaux camarades n'étaient pas placides, mais moroses, blasés par une longue expérience de ces rapides allers-retours à Londres.

Deux heures et demie plus tard, l'Eurostar s'est arrêté en gare de Waterloo. J'étais un peu barbouillé en descendant du train mais je n'arrivais pas à définir si mon état était dû au plateau-repas servi à bord ou à la position de mon siège, dans le sens inverse de la marche. J'aurais dû avaler un comprimé contre le mal des transports avant de partir. En traversant la gare, je me suis surpris à chercher un visage familier parmi la foule, celui de mon père. Il y avait peu de chance de l'apercevoir là mais c'était plus fort que moi. L'hypothèse de le croiser, émise la veille de mon départ d'Oléron, était probablement plus sérieuse que je ne le pensais. Je me demande si je n'ai pas pris ce travail dans l'espoir de tomber sur lui par hasard. On ne sait pas toujours, au fond, pourquoi on fait les choses.

De la gare de Waterloo, nous avons rejoint en bus le lieu où se déroulaient nos rencontres professionnelles : le Victoria & Albert Museum. Je me réjouissais de le parcourir. Pour l'heure, j'admirais depuis mon siège la ville que nous traversions trop vite à mon goût : la Tamise et Westminster s'effaçaient derrière nous. Nous avons longé Hyde Park, puis le bus a viré sur la gauche pour stationner cinq cents mètres plus loin devant le V&A. J'étais à Londres depuis quinze minutes et il me fallait déjà rejoindre la salle de notre réunion. À l'intérieur, je me suis arrêté devant un ensemble de chaises de différentes époques (je craignais tellement de ne rien voir de ce voyage que j'étais prêt à m'émerveiller devant n'importe quel objet exposé) mais l'organisatrice de cette journée m'a pressé de venir m'installer derrière ma table sur une chaise fonctionnelle et sans intérêt. Bientôt, j'allais participer à mon premier *workshop*.

Qu'est-ce qu'un *workshop* ? Si l'on s'en réfère à sa traduction en français, nous serions dans le cadre d'un atelier. Mais après cette expérience, je doute du bien-fondé de cette appellation. Le *workshop* fait partie de ces choses qui se définissent avant tout par ce qu'elles ne sont pas. Ce n'est donc pas un atelier : on n'y fabrique rien, n'y élabore pas grand-chose. Ce n'est pas non plus un groupe de travail, ni un colloque, ni un séminaire. Ce n'est pas davantage une conférence, ni même un concile, un conclave ou une convention. On pourrait à la limite parler de réunion, mais, comme je vous l'ai dit, chacun est derrière sa propre table (qui, le temps du *workshop*, devient le territoire du représentant), attendant qu'un agent de voyages s'installe face à lui. Alors l'entretien commence, avec des règles, de temps en l'occurrence. L'échange ne saurait excéder dix minutes afin de laisser à chaque visiteur la possibilité de rencontrer tous les membres de la délégation. Du *speed dating* professionnel, à la rigueur, mais pas un *workshop*. Dans un souci de modernité, le monde du travail utilise parfois des mots, souvent anglais, qui ne sont pas les bons.

Moi-même, je n'étais pas toujours certain d'employer les termes adéquats. Mes interlocuteurs me regardaient, pour certains, avec des yeux ronds. J'en ai reçu la confirmation lors du neuvième entretien de la journée. Un homme s'est installé face à moi et m'a d'emblée annoncé qu'il ne parlait pas français. Je l'ai rassuré d'un regard et j'ai attaqué ma présentation, en anglais. Au bout d'une trentaine de secondes, l'homme a répété qu'il ne parlait pas français. J'étais un peu surpris qu'il réitère cette information mais j'ai poursuivi mon discours. Celui-ci commençait à être plutôt bien rodé. Il a alors posé sa main sur la mienne.

— *I – don't – speak – french*, a-t-il asséné pour la troisième fois en détachant chaque syllabe en espérant que le message me parviendrait cette fois.

Pour les entretiens suivants, je me suis contenté d'exhiber des vues de la Cité de l'Air du temps en soulignant chacune d'elles d'un *beautiful* ou d'un *nice*. Quand j'ai dû aborder notre exposition, j'en ai montré les différentes sections, commentant de remarques succinctes les photos. *Nature : important !* pour la partie consacrée à l'écologie, *Mobile phone : super practical ! Euro : good ! Peace !* pour les salles dédiées à la construction européenne et à la monnaie unique (après l'échec du référendum de 2005, le projet européen devait être relancé à tout prix). Attachés à la livre sterling, les Anglais semblaient peu convaincus par cet argument. Quand ils me posaient une question, je glissais sous leurs yeux un document où ils pouvaient lire la réponse. J'évitais d'user de mon anglais et cherchais déjà la meilleure façon de solliciter Mme Choquette pour une remise à niveau.

Un buffet de sandwichs, de pâtisseries, de boissons était dressé dans un coin. Pas de doute : nous devions rester enfermés toute la journée dans cette salle dont l'architecture victorienne était certes dépaysante mais ne pouvait occulter le reste de la ville, si près et pourtant invisible derrière les vitraux qui ornaient les fenêtres. Près du buffet, les voyagistes se rassemblaient pour échanger en me lançant des regards amusés. Tour à tour, ils sont venus s'asseoir à ma table afin d'observer de près ce drôle de Français qui se contentait de sourire en montrant des photos. Au moins, je rentre à Paris avec une belle collection de cartes de visite, preuve de mon efficacité. Petitclercq sera content.

Le soir, nous sommes retournés à la gare en suivant le même trajet qu'au matin. La nuit était déjà là. Sans tarder nous sommes montés à bord du train. À présent, nous filons dans l'obscurité. Je ne vois rien de la campagne du Kent que nous traversons, regrette de n'y avoir pas prêté une plus grande attention à l'aller. Seul le bruit du train, soudain plus sourd, me signale notre entrée dans le tunnel sous la Manche. Comme ce matin, on nous a servi un copieux plateau-repas. Prudent, je veille à ne pas trop manger.

Sur le siège voisin, il y a une fille, Clara. Elle représente une fondation culturelle parisienne, financée par un riche mécène. Je n'ai pas eu l'occasion de lui parler de la journée, je ne l'avais même pas remarquée tant j'étais absorbé par ma mission. Nous avons seulement échangé nos cartes de visite avant le départ. Dès que le train a démarré, elle s'est endormie. Je l'observe, détaille son visage qui semble dessiné dans l'ovale d'une rose, la ligne parfaite de son nez, le dessin délicat de ses lèvres. Sa peau doit être douce. J'essaye de deviner, au regard de sa carnation, de son teint, la couleur de ses yeux, attends patiemment son réveil.

À notre arrivée à Paris, il est presque minuit. Épuisé, je me suis assoupi. À peine levée, Clara s'éclipse, après un bref salut qui ne m'était pas précisément adressé. Je n'ai pas eu le temps de distinguer clairement la couleur de ses yeux.

J'ai dans la main sa carte de visite. Je ne l'ai pas lâchée depuis Londres. Clara Stiech.

Quand j'arrive au bureau le lendemain, tous mes collègues m'accueillent avec la même question :

— Alors, ta petite escapade à Londres ?

Je ne veux pas déprécier mon déplacement, alors j'élude :

— Vous savez ce que c'est, Londres est une ville dont on n'a jamais assez.

Je n'ai même pas eu le temps d'envoyer une carte postale à ma mère. Certes elle ne m'en voudra pas d'avoir failli à ma promesse, mais je devine qu'elle doit espérer mon premier courrier. Sans doute avait-elle prévenu ses voisins, mes frères et mes sœurs. J'épingle cependant une première ville sur la carte du monde derrière mon bureau. J'espère bientôt y voir fleurir d'autres points rouges.

Une autre idée m'obsède depuis mon retour : quand vais-je revoir Clara ? Sur mon bureau, je pose sa carte de visite, la regarde comme un fétiche, un talisman.

7
Le charme discret des sous-préfectures

Quand il revient de Milan, deux jours plus tard, Petitclercq me convoque dans son bureau.

— Nous allons débriefer, me dit-il.

Petitclercq ne doit pas connaître le sens du terme *debrief*. Une fois encore, je déplore l'usage inapproprié du vocabulaire anglais, mais depuis mon déplacement à Londres, je doute de mes compétences linguistiques. Pendant une heure et demie, j'écoute le récit de son séjour à Milan. Le résumé des rendez-vous dure cinq minutes à peine. Ce point évacué, il me remet un dossier en concluant :

— Enfin, vous verrez, mon petit Benjamin, tout est là-dedans.

Nous consacrons le reste de notre entretien aux visites qu'il a réalisées, la cathédrale et le passage Vittorio-Emanuele II (à chaque monument évoqué me vient l'image d'une carte postale que j'aurais pu envoyer à ma mère), aux restaurants dans lesquels il a mangé, aux plats qu'il y a dégustés. À la fin de notre entrevue, je quitte son bureau en emportant sous le bras le dossier milanais. Il ne m'a pas demandé comment s'était déroulé mon voyage à Londres. Il faut reconnaître qu'il n'y a pas grand-chose à raconter. Hormis Clara. Chaque matin, je regarde sa carte, hésite à l'appeler. Clara Stiech. J'ai peur d'écorcher son nom. Stiche ? Stick ? Stièche ? Comment parler avec assurance si elle me corrige comme Choquette le jour de l'entretien ? Je la remets dans mon portefeuille en rêvant d'une prochaine rencontre à la faveur d'un déplacement ou d'une réunion.

Alors que je m'apprête à refermer la porte derrière moi, Petitclercq me lance :

— Ah, j'allais oublier. L'hôtel n'était pas génial. Il faudra trouver mieux la prochaine fois !

Cette ultime remarque vient se glisser dans un coin de ma tête. Quelques jours durant, elle y reste coincée comme un petit caillou dans la chaussure. Trop petit pour prendre la peine de se déchausser afin de le retirer, mais assez présent pour qu'il revienne régulièrement se loger sous le pied. On a beau secouer, tenter de le reléguer là où il gênera le moins, il revient et agace sans cesse.

Petitclercq suggère de démarcher les autocaristes. Selon lui, ils sont susceptibles de nous amener de nombreux groupes de visiteurs : retraités, écoliers, comités d'entreprise, bien sûr, mais aussi amicales d'amateurs de pétanque, associations d'ornithologues, peintres du dimanche ou anciennes strip-teaseuses, compagnons de la chanson, confréries de l'andouille de Vire, de la tomate de Marmande ou du melon de Cavaillon. Bref, autant de personnes curieuses de vérifier si, malgré leurs différences, elles partagent bien le même air du temps. Quand il me l'annonce, je suis aux anges. Je m'imagine sur les routes de Belgique, du Royaume-Uni ou d'Allemagne, prospectant l'amicale des costumières du carnaval de Binche, tentant de convaincre l'association des supporters nostalgiques d'Éric Cantona, traquant le groupement de défense de la *wurst* traditionnelle du Bade-Wurtemberg. Comme par enchantement, le petit caillou dans ma chaussure a disparu ! Je m'enthousiasme à l'idée de ce dépaysement limitrophe. Mais bien vite le chef me ramène sur terre, française. Il s'agit de démarcher les transporteurs de province. J'ai oublié que nous « rayonnons » aussi en région et que le chargé de l'accroissement de ce rayonnement-là n'a toujours pas été recruté. Je déchante, sans me désespérer, considérant ces déplacements comme un apprentissage, une répétition avant les grands départs au-delà des frontières.

J'hésite à téléphoner à ma mère. Annoncer quelle nouvelle ? Pas la découverte des Carpates, ni la traversée du Tyrol, mais des allers-retours dans des sous-préfectures. Comment me targuer de ces voyages si peu glorieux alors que j'ai annoncé des destinations exotiques, Tokyo, Berlin, Rome, Moscou, lors de notre dernière réunion de famille ?

Attention, quand je parle de réunion de famille, il ne faut pas nous imaginer autour d'une table dominicale. Selon un planning strictement établi, mes frères, mes sœurs, leurs conjoints et enfants défilent, à tour de rôle, chez ma mère. En effet, suite à diverses brouilles, dont certaines remontent à si loin qu'on en oublie les origines, plus personne ne parle à personne, ou presque. Le départ de mon père n'a rien arrangé. Chacun soupçonne les autres d'en être la cause. Suspicion et reproches sont devenus le ciment de notre fratrie. Rien ne vaut la haine pour souder une famille. J'ai deux frères, François et Thierry, et deux sœurs, Nathalie et Véronique ; leurs rapports sont aussi chaleureux que ceux des deux Corées. La moindre question domestique prend des allures de conférence internationale. À faire passer Yalta pour une réunion de l'amicale des amatrices du tricotin. Sans doute mes années d'études à La Rochelle m'ont-elles épargné d'être impliqué dans toutes ces querelles.

Ma mère s'efforce cependant de maintenir une vie de famille. Ainsi, ce jour-là, François, l'aîné, sa femme Céline et leur fils Rémi sont venus en fin de matinée, juste avant l'ouverture de leur restaurant à La Cotinière. Nous avons partagé un café et une tarte aux pêches, que ma mère a apportée en s'excusant parce qu'elle n'était pas présentable. Je leur ai parlé de mon futur travail, des nombreux voyages à l'étranger qui m'attendaient. Pragmatique, mon frère a calculé le nombre de points que j'allais enregistrer sur ma carte de fidélité Air France. Le visage de ma mère s'est alors légèrement déformé dans un rictus semblable à celui qui vous gagne lorsque votre dent creuse est visitée par de la glace à la vanille. Elle n'acceptait pas l'idée de me voir prendre l'avion.

— Finalement, tous ces livres que tu lis, ça ne sert pas à rien, a conclu mon frère aîné.

François a toujours considéré la lecture, et même les études, comme une perte de temps. Très tôt, il a quitté l'école, s'est installé à son compte, proposant des boissons fraîches et des sandwichs à la sortie des plages à bord d'un camion aménagé. Dès qu'il a pu, il a investi dans une affaire plus solide, à Saint-Denis, tout au nord de l'île. Il y a neuf ans, il a acheté un restaurant sur le port de La Cotinière, là où les touristes viennent déambuler en masse. Il roule dans une berline allemande de grosse cylindrée et habite une villa confortable. Notre père supportait mal d'avoir un fils patron. Pour lui, l'ancien militant communiste, l'adhésion de François à la section locale de l'Union pour la démocratie française fut un échec, une honte. Le coup de grâce ! La rupture était inéluctable.

À midi, la voie étant libre, sont arrivés Thierry, sa femme Karine et leurs trois enfants, Alexandre, Antoine et Alice. D'après Karine, les prénoms qui commencent par la lettre A prédisposent à l'excellence. Elle l'a lu dans *Grazia*. Mes trois neveux sont de véritables pestes. S'ils faisaient un effort, leurs parents pourraient atteindre les 5A, comme les andouillettes (il faudra que je suggère à Petitclercq de démarcher l'Association amicale des amateurs d'andouillette authentique). De nouveau, je me suis glorifié des nombreux voyages à venir.

— Tu vas aller en Amérique ? m'a demandé Thierry.

Cette fois, ma mère s'est pris le visage à deux mains, sans doute pour réprimer l'expression de sa frayeur. Malgré sa promesse de ne pas m'empêcher de partir, elle éprouvait encore certaines réticences.

— Pas l'Amérique, tout de même ! a-t-elle fini par lâcher.

Sur ce point, je l'ai rassurée. Après mon entretien d'embauche, dans le but de préparer ma prise de fonctions, j'avais lu tout ce que j'avais trouvé à la bibliothèque municipale de Saint-Pierre et consulté les sites Internet spécialisés sur l'organisation du milieu professionnel du tourisme, en France bien sûr, mais aussi dans chacun des pays où j'étais susceptible de me rendre.

— Aux États-Unis, le marché est divisé entre de nombreux opérateurs qui, pour beaucoup, n'organisent qu'un faible nombre de voyages chaque année. Cela rend difficile l'approche de ce pays. Y aller n'a pas d'intérêt.

Ma mère a laissé échapper un soupir de soulagement. Mon frère était très impressionné par mon savoir. À ses yeux, j'étais devenu un expert. Bien aimable, Karine tentait de tranquilliser ma mère.

— Vous voyez, Jacqueline, il n'y a pas lieu de s'inquiéter.

Tout de suite après le dessert, une tarte aux pêches que ma mère a apportée en s'excusant parce qu'elle n'était pas présentable, ils sont partis. Place aux suivants. Peu après, Véronique et son mari, Max, et Nathalie sont arrivés pour le café, agrémenté d'une nouvelle tarte aux pêches que ma mère… Mais je ne m'en lasse pas. Je pourrais en avaler une entière. Encore une fois, j'ai fait étalage de mes prochains déplacements, évoquant même, emporté par mon enthousiasme et oubliant les inquiétudes de ma mère, le Japon, la Corée et la Chine.

— Tu vas prendre l'avion ! s'est exclamée Véronique.

Elle et son mari ne voyagent qu'en camping-car, en France, visitant le pays département par département. Aux prochaines vacances, ils feront les Deux-Sèvres.

— Au Japon, il y a des tremblements de terre, a ajouté Max.

Ma mère s'est levée de table alors, au prétexte d'aller chercher du sucre. Chez nous, personne n'en met jamais dans son café. J'ai lancé à Max un regard noir. En vain. Il était trop occupé à se servir une troisième part de tarte aux pêches.

Je m'en voulais d'avoir plongé ma mère dans une crainte bien plus grande que celle éveillée par l'avion. Quel fils pouvait, à ce point, manquer de délicatesse ? Je l'ai rejointe dans la cuisine où elle s'était rendue pour dissimuler l'angoisse qui la gagnait. Il me fallait la rassurer de nouveau.

— Tu sais, lui ai-je dit, il n'y a pas tout le temps des tremblements de terre au Japon. Il y a des saisons pour ça. J'irai là-bas quand ça ne sera pas la saison. Promis.

Évidemment elle ne m'a pas cru mais elle m'a embrassé, sans doute pour me remercier de vouloir la réconforter, même avec un mensonge aussi naïf.

Avant de partir, Nathalie, qui vit seule au nord de l'île, à Chaucre, où, philatéliste, elle consacre la plus grande partie de son temps au classement de sa collection, m'a fait promettre d'écrire à notre mère à chacun de mes déplacements.

Elle savait bien que ma mère lui réserverait les timbres. Je l'avoue : je lui dois l'idée des cartes postales.

— On va commencer par ceux près de Paris, reprend Petitclercq. À moins de deux heures de route. Comme ça, Benjamin, vous pourrez prendre la camionnette de la Cité et faire le voyage dans la journée.

Je suis un peu dépité. J'imaginais mal envoyer à ma mère une carte postale de Nogent-le-Rotrou ou de Romorantin-Lanthenay où, du reste, je n'avais aucune chance de croiser Clara.

— De mon côté, poursuit Petitclercq, je me rendrai à Monaco pour le rassemblement des tour-opérateurs méditerranéens. Il y aura certainement des agents que j'ai rencontrés à Milan. C'est mieux s'ils me revoient plutôt qu'une nouvelle tête. Et puis ça vous soulagera. Vous ne pouvez pas tout faire, n'est-ce pas, Benjamin ?

Le petit caillou revient. Encore une fois, Petitclercq se réserve la meilleure part. Pis encore, j'ai l'impression qu'il mange dans mon assiette, qu'il boit dans mon verre.

8

Les vacances des autres

La veille au soir de mon départ d'Oléron, je me suis enfin trouvé seul avec ma mère, autour du reste des tartes aux pêches. Je n'avais plus faim mais j'en ai repris quand même. Je n'en mangerais pas de sitôt, pas à Paris en tout cas. Étrange : jusqu'à ce soir-là, je n'avais pas éprouvé le besoin de questionner ma mère sur les raisons de notre immobilisme. Jamais nous ne partions en vacances. Bien sûr, Oléron nous offre tout ce que les autres cherchent pour leurs congés : océan, soleil, nature. Certes, nous sommes des insulaires mais rien ne nous impose de rester sur place à longueur d'année. Les voyages forment la jeunesse, adage bien connu. La mienne s'est modelée à l'épreuve de l'immobilité. Je suis arrivé tardivement dans la famille, vingt-deux ans après François (il y a moins de différence entre lui et notre père), à un moment où mes parents avaient, semblait-il, décidé qu'ils avaient suffisamment bourlingué à leur goût.

— Pourquoi ?

— C'était difficile de se déplacer avec cinq enfants, a-t-elle répondu. Et puis ils avaient construit le pont. On n'éprouvait plus le besoin de partir. C'était comme si Oléron n'était plus vraiment une île. Tes frères et tes sœurs ont grandi sans le pont, il fallait leur montrer comment c'était, en dehors de l'île. La situation était différente.

Je suis né cinq ans après la construction du pont, en 1972.

— J'aurais aimé faire du camping sauvage, comme vous le faisiez avant ma naissance.

Combien de fois ai-je entendu parler de cette période d'insouciance, des campements installés sous les pins ? Aux beaux jours, mes parents et leurs trois enfants (Nathalie n'était pas née) élisaient leurs quartiers d'été dans la forêt de La Coubre, au nord de Royan. Ils prenaient le bac. Traversée jusqu'au port du Chapus. Dix minutes. Un oncle de mon père, l'oncle Albert, de Marennes, les accueillait au débarcadère avec son tacot d'avant-guerre, les conduisait jusqu'à leur lieu de villégiature pour quelques semaines à la Robinson Crusoé.

De cette époque, enchantée à mes yeux, subsistent quelques photos, en noir et blanc, ce qui ajoute à son caractère révolu. Les clichés sur lesquels j'apparais sont tous en couleur. Certaines photos sont si anciennes que l'on y voit mes frères accoutrés de maillots de bain en laine. Je ne suis vraiment pas du même temps.

— On avait passé l'âge, a-t-elle dit. Quand on était jeunes, on en faisait davantage. On était insouciants, il faut dire. Une fois, on a même traversé les Pyrénées en Solex.

Je connais bien cette histoire. Mes parents n'ont jamais été de grands voyageurs, ils n'ont jamais bourlingué à travers la planète. Mais s'ils ne peuvent être crédités d'un voyage au long cours, personne ne saurait leur nier un certain esprit d'aventure qui les avait lancés, à tout juste dix-huit ans, à l'assaut des Pyrénées. En Solex. L'épopée s'était déroulée en 1951, quelques mois avant la naissance de mon frère aîné. L'état de ma mère alors ajoutait à l'esprit d'aventure. Ou d'inconscience. Elle avait cependant voyagé en train jusqu'à Pau où elle avait rejoint mon père et un ami, partis deux jours plus tôt. C'était quelques semaines après leur mariage. Sans doute ce périple constituait-il leur voyage de noces. Comme chaque fois, son sourire s'est illuminé lorsqu'elle a abordé le récit des laborieuses ascensions. Mes parents avaient dû, pour la plupart, les terminer en poussant leurs bécanes, parcourant à pied une bonne partie des trois cent cinquante kilomètres de leur périple. Le Solex, véhicule conçu pour les lignes droites et les faibles dénivelés, ne s'exprime pleinement en montagne que dans les descentes, à condition d'avoir de bons freins et une solide maîtrise de son pilotage. Son moteur, à l'avant, déporte le centre de gravité sur la direction, favorise les dérapages et les sorties de route, souvent définitives dans les lacets pyrénéens.

— On aurait dû en profiter davantage tant qu'on était jeunes.

Ainsi ma mère a-t-elle conclu son récit avant de prendre congé pour aller s'endormir sur ces heureux souvenirs, sur le regret de ne pas avoir assez voyagé. De ne pas avoir assez vécu, peut-être. Imaginait-elle que mon père serait resté s'il avait eu son comptant de voyages, même modestes ? Partir était le bon choix. Éviter d'en être, un jour, à se poser la question : suis-je passé à côté de ma vie ?

Dans la bibliothèque, j'ai attrapé des albums de photos et je suis retourné m'installer sur le canapé pour poursuivre l'exploration des vacances familiales. En ouvrant un album au hasard, je suis tombé sur une photo de ma mère en train de donner le bain à Nathalie dans une bassine en plastique. Véronique, accroupie à ses côtés, souriait. La photo n'était pas datée. Nathalie ayant trois ou quatre ans sur le cliché, il était facile de la situer dans la deuxième moitié des années soixante, peu de temps avant la construction du pont. La scène était prise à l'extérieur. Au second plan, la 2CV que mon père venait d'acquérir ; à l'arrière-plan, une construction ancienne, historique, le mur d'un château ou d'une église. Ces vacances, j'en avais entendu parler aussi. Comme il n'était plus possible de solliciter l'oncle Albert, trop vieux désormais pour s'aventurer à plus de cinq kilomètres de Marennes, mon père avait décidé d'acheter une voiture. La 2CV avait élargi l'horizon mais entamé les finances familiales. Mes parents avaient donc opté pour l'Auvergne où ils avaient dégoté une location à bon prix. J'ai parcouru les autres photos de l'album. Elles étaient toutes en noir et blanc, dataient donc d'avant ma naissance. Je les connaissais pour la plupart. Bien souvent, je les avais regardées quand j'étais petit. Comme celle où mes parents, mes frères et mes sœurs sont en train de pique-niquer au bord de la route, la voiture stationnée sur le bas-côté. Derrière eux, se dressent les volcans, mais ils se souciaient peu de l'éruption, que j'imaginais possible lorsque j'avais vu cette photo pour la première fois, et méritaient, dans cette flagrante désinvolture à deux pas du danger, leur titre d'aventuriers téméraires, prêts à tout pour assouvir leur désir d'exploration. Haroun Tazieff lui-même aurait admiré la tranquillité avec laquelle mes parents attaquaient le saucisson alors que des gerbes de lave pulvérulentes menaçaient à quelques mètres. Parents, frères et sœurs auraient pu être coiffés de casques coloniaux sur ces photos, cela ne m'aurait pas surpris le moins du monde. De fait, l'Auvergne m'est longtemps apparue comme une contrée sauvage et mystérieuse, nourrie par les forces telluriques et la mythologie populaire, où se côtoient la colère des volcans, la bête du Gévaudan et la 2CV de mon père.

9

Ce Mexicain qui venait du Japon et me parlait de l'Auvergne

Je me suis rêvé parcourant le monde et me voici sur des départementales en direction d'obscures sous-préfectures. En camionnette qui plus est ! Vierzon, Issoudun, Château-Thierry, Dreux ou Saint-Dizier ont autant d'attrait à mes yeux que les ramequins de céleri rémoulade et de betteraves présentés au buffet de la cantine. En matière d'évasion, je pourrais me satisfaire de peu, partirais volontiers pour Mouscron, ville belge qui échappe au statut de banlieue de Tourcoing par la grâce d'une frontière disparue, dissoute dans la construction européenne, ou Vallorbe, poste de contrôle où la douane suisse concentre son attention sur le trafic de chocolat en oubliant le reste. Petitclercq veut sans doute que je fasse mes classes. Je me demande même si cette tournée des autocaristes provinciaux ne constitue pas une sorte de bizutage. Pendant ce temps, lui se prépare pour Monaco où il se prélassera au bord de la piscine d'un hôtel de luxe, devisant, cocktail en main, avec un agent de voyages grec ou italien.

J'ai convaincu Petitclercq de regrouper les rendez-vous, d'enchaîner plusieurs villes, de ne pas revenir chaque soir à Paris. Ainsi j'ai pu organiser un déplacement en Auvergne : Montluçon, Vichy et Le Puy-en-Velay. Dans ce triangle sont installées des sociétés de transport que j'ai qualifiées de prometteuses. Pour tout avouer, j'y ai vu l'occasion de revivre, avec quelques décennies de décalage, les vacances familiales au pays des volcans. De là, comme une manière de clin d'œil, j'enverrai une première carte postale à ma mère. Peut-être même parviendrai-je à faire l'acquisition d'un mystérieux et précieux objet aujourd'hui disparu.

Dans la salle de séjour, trônait sur le buffet de style Art déco une majestueuse pendule XVIIIe dorée à l'or fin protégée sous une cloche de verre. Elle avait traversé les générations. Mon père l'avait reçue de sa mère, que tous mes aînés appelaient Mémé-Grand, ce qui lui conférait une indéniable image d'autorité. Je ne l'avais pas connue mais elle m'évoquait le Grand Méchant Loup. Cette pendule était le dernier vestige d'une prospérité révolue. Nous la regardions parfois avec la nostalgie des familles bourgeoises dépossédées de leurs biens par une révolution populaire ou par la guerre comme on peut le voir dans certains films, où, jetées sur les routes de l'exode, les familles en question conservent jalousement des pièces d'argenterie, une porcelaine de Sèvres ou une toile de maître, n'acceptant de s'en défaire qu'en dernière extrémité, quand elles réalisent qu'elles ne pourront construire une nouvelle existence qu'au prix du sacrifice de cette précieuse relique. Grosse ficelle.

L'imagination des enfants est grande. Je soupçonnais mes parents de considérer cette pendule comme une idole, de lui faire des offrandes à la nuit tombée, dès que j'étais endormi. Je me les figurais égorgeant des poulets en la suppliant de remonter le temps, de leur rendre ce qu'ils avaient perdu. J'ignorais tout alors de l'engagement politique de mon père dans sa jeunesse. Militer au Parti communiste en faisait un dangereux révolutionnaire aux yeux de sa mère. À cet engagement, il devait sa déchéance sociale. Même si mon père avait quitté le Parti, la riche aïeule l'avait déshérité, ne lui laissant qu'une maison en ruine (on n'allait tout de même pas le jeter à la rue) et cette pendule, sans doute pour qu'il n'oubliât pas ses origines. Elle était devenue notre bouée de sauvetage. Les huissiers la notaient en gage quand mes parents avaient du mal à payer leurs factures. La simple menace de cette saisie suffisait à nous remettre dans le droit chemin tracé par nos créanciers. La vente de cette pendule nous aurait sûrement permis de sortir de l'ornière, de remettre la maison en état. Il est probable d'ailleurs que Mémé-Grand ait légué cet objet de valeur avec la maison dans ce but, laissant alors à mon père l'initiative de la nouvelle vie qu'il devait construire. Mais il refusait de s'en séparer, préférant sombrer sous son poids. Dramatique, mais pas très hollywoodien. L'histoire de mon père se résumait à cette pendule. Je n'ai jamais compris comment il avait pu l'abandonner derrière lui.

De part et d'autre de la pendule, ma mère, pour qui la décoration relevait avant tout de la symétrie, sans considération aucune pour la cohérence de style, avait placé deux souvenirs de voyage : un flacon habillé de cuir au bouchon orné d'une paire de castagnettes, rapportée des Pyrénées, et un service à liqueur en faïence constitué d'une bouteille et d'une dizaine de tasses.

La bouteille avait la forme d'un guitariste mexicain appuyé à un cactus aux branches duquel étaient accrochées les petites tasses. Mes parents n'avaient jamais mis les pieds au Mexique. Aucune de leurs relations non plus. Longtemps ce Mexicain m'intrigua. Quand un jour je m'étais décidé à questionner ma mère, elle m'avait répondu qu'il s'agissait d'un souvenir de leur séjour en Auvergne. Bien des années plus tard encore, m'était venue la curiosité de l'examiner dans le détail. Hormis ma mère pour le dépoussiérer, personne ne touchait jamais à ce service car il fallait pour le manipuler en décrocher toutes les tasses, manœuvre fastidieuse et rédhibitoire. À ma grande surprise, sur le fond de la bouteille était inscrite la mention *Made in Japan*.

Si la pendule est toujours là, à sa place sur le buffet, ses deux acolytes l'ont quittée depuis longtemps. Après la découverte du lieu de fabrication de ce Mexicain, sans considération pour ce qu'il représentait aux yeux de mes parents, je n'avais cessé de railler cet objet. L'adolescent manque parfois de tact. Exaspérée par ma lourdeur pubère, ma mère avait fini par le jeter à la poubelle avec fracas. Dans sa colère, le flacon habillé de cuir et les castagnettes avaient disparu eux aussi. Je ne me suis jamais remis de cette perte. Presque vingt ans après ce qu'il convient d'appeler un drame, je suis toujours habité par le rêve de débusquer, chez un brocanteur ou sur l'étal d'un vendeur de vide-greniers, ce Mexicain ou plutôt son frère, l'original ayant été réduit en miettes. Parfois, en pénétrant dans le séjour chez ma mère, même après toutes ces années, je ne peux m'empêcher de regarder l'emplacement désormais vide où ce Mexicain grattait sa guitare.

À Vierzon, je quitte l'autoroute A20, direction Clermont-Ferrand. J'ai repéré neuf sociétés de transport. Je dois rester deux jours dans le coin avant de regagner Paris en passant par Nevers et Auxerre. J'ai contacté les transports Bernard (Attention au départ !), les autocars Jean-Yves (On sait d'où on part mais pas quand on arrive), les transports Dunois (Voyager comme chez soi), les autobus Desnos (Tout confort même sur les bosses)... Les slogans publicitaires que je leur invente ne changent rien : ces rendez-vous sont fastidieux.

J'ai déjà visité quatre sociétés quand mon portable sonne au matin du deuxième jour dans l'Allier. Je viens de quitter mon hôtel à Montluçon et roule sur une départementale en direction de Vichy, préférant éviter les grands axes afin de découvrir la région. De Paris à Montluçon, j'ai voyagé sans rien voir. Les abords des autoroutes ne sont pas les pays qu'elles traversent. J'aimerais avoir deux ou trois bricoles à raconter lors de mon prochain retour à Oléron. Prudent, je gare la camionnette sur le bas-côté pour consulter ma messagerie. Petitclercq m'a laissé un message d'une voix d'outre-tombe : « Ch'uis balade. Che bourrai bas aller à Bodaco. Allez-y à ba place. »

Sans tarder, j'annule mes rendez-vous et prends la direction de Lyon où je laisserai la camionnette de la Cité de l'Air du temps pour prendre un train à destination de Nice. Comme je suis heureux de sortir de nouveau des frontières du pays, d'y passer une nuit entière cette fois ! Monaco a beau évoluer dans le championnat de France de football, cela reste un État indépendant, une terre étrangère, aussi petite soit-elle. Plus que tout, l'idée que Clara puisse y être m'enchante. La Riviera, Monaco, un hôtel de luxe : un cadre idéal pour la retrouver.

Derrière le volant, je chante à tue-tête les airs diffusés à la radio, change de fréquence quand ils ne me conviennent pas et tombe enfin sur la chanson parfaite en la circonstance : l'animateur annonce *On the Road Again* de Canned Heat. Quelques secondes après, le son envoûtant de l'harmonica résonne dans l'habitacle tandis que je trace ma route entre Pouzol et Saint-Hilaire-la-Croix. La bande originale parfaite de mon périple, de ma nouvelle vie. D'après mon GPS, l'A89 n'est plus très loin. Je pourrai alors gagner Lyon aisément.

En attendant le train à la gare de Lyon Part-Dieu, j'appelle ma concierge. Je dois lui demander de veiller sur Pouf, mon chat, plus longtemps que prévu. Je n'aurais pas dû prendre un chat. Quand on vit sur la route, entre deux gares, deux aéroports, on ne s'embarrasse pas d'un animal de compagnie, on fuit les attaches. Une faiblesse probablement. J'étais à Paris depuis peu, vivre seul me pesait. La concierge m'a proposé de s'en occuper durant mes voyages. Elle est à l'origine de cette adoption. « Vous connaissez Mme

Mariette, la dame du troisième ? Sa chatte a eu des petits. Trois. Des persans. Vous n'en voudriez pas un par hasard ? » Cinq minutes après, elle est revenue en compagnie de Mme Mariette qui tenait dans ses mains une petite boule blanche et hirsute. Pouf a grandi depuis, mais encore, quand je le regarde, je ne vois pas un chat, je vois la forme d'un nuage, d'un cumulonimbus.

Ce problème réglé, je téléphone à l'office du tourisme de Nice. Les rencontres à Monaco débutent demain. Une chambre au nom de Petitclercq, payée par l'organisateur, m'y attend. Mais il me faut un endroit où dormir ce soir. Avec les trente-huit euros que m'octroie l'administration, je n'ai aucune chance de dégoter une chambre à Monaco. Si j'en crois mon interlocutrice, cela ne va pas être plus facile à Nice.

— Pour si peu, je ne vois que l'auberge de jeunesse, me dit-elle avant de se raviser. Un instant, j'en ai un qui pourrait convenir. Près de la gare, précise-t-elle. L'hôtel de Russie. Trente-cinq euros la nuit.

Je ne demande pas si le petit déjeuner est compris. À ce prix, à Nice, je peux m'estimer heureux s'il y a un lit dans la chambre.

De là, il me sera facile de prendre le train pour gagner Monaco.

10
Nice

J'arrive à Nice en début de soirée. Comme il n'y avait pas de place assise dans le train, j'ai dû voyager dans le wagon-restaurant. Quel ingénieur a pu avoir l'idée de créer des fenêtres spécifiques pour ce wagon ? Elles barrent le paysage et poussent le voyageur à regagner son siège au plus vite. S'il en a un.

Je rejoins l'hôtel sans difficulté. À droite de la porte d'entrée, un panneau indique la réception, au premier étage. L'immeuble ne paye pas de mine. La façade est même assez défraîchie, mais l'établissement m'a été recommandé par l'office du tourisme. Confiant, donc, je gravis l'escalier pour me présenter face à un homme en marcel. Derrière un petit bureau, affalé sur un fauteuil défoncé, il regarde la télévision, *Star Academy* sur TF1. D'une pièce attenante, provient le bruit d'une machine à laver. Il me regarde, surpris, comme si j'étais monté là par erreur. Je comprends. Je porte le costume de coupe italienne acheté pour Milan. Je ne suis pas mécontent de l'avoir pris avec moi. Certes, il était trop chic pour les autocaristes de l'Allier et du Puy-de-Dôme, mais pour les agents de voyages méditerranéens, à Monaco, il sera parfait. L'homme doit être plus habitué aux baroudeurs à sac à dos, aux *backpackers* comme on dit aujourd'hui. Il me regarde toujours avec des yeux ronds. Je le rassure.

— J'ai une réservation. Pour une nuit. Au nom de Lechevalier.

— J'ai pas fini de laver les serviettes, répond-il en désignant l'ouverture derrière lui.

À cet instant, la machine à laver bascule sur le programme essorage.

— Ce n'est pas grave, dis-je en haussant la voix, j'ai l'intention de ressortir pour dîner. Elles seront prêtes à mon retour ?

— Oui, nous avons un sèche-linge, précise-t-il, cherchant, je le devine, à valoriser son établissement. Votre chambre est la 5, au premier.

— Merci.

Je prends la clé qu'il me tend.

Quand j'ouvre la porte, ma première réaction est de maudire Petitclercq et sa fragile constitution. La chambre renferme une odeur âcre d'origine indéfinie. Un mélange de crasse, de graisse à en juger la moquette, de vin aigre et même d'urine. Inutile de chercher d'où vient cette odeur ; elle est partout. Dans la foulée, je maudis le législateur, les fonctionnaires de Bercy, ceux du service financier de mon institution, qui m'imposent un forfait journalier si ridicule que j'en suis réduit à cette catégorie d'hôtels. J'ai l'impression d'être dans un film, noir évidemment.

La chambre est équipée d'un simple lavabo. Une fenêtre donne sur la rue. À gauche, une petite armoire, à droite, collé au mur, le lit.

J'inspecte les draps. Propres. C'est déjà ça. Pas de toilettes dans la chambre. Elles sont à l'étage. Je ne peux m'empêcher de lancer un regard vers le lavabo en imaginant le nombre d'occupants qui s'y sont soulagés. L'ambiance ne donne pas envie de s'aventurer sur le palier au milieu de la nuit. Il est trop tard pour se mettre en quête d'un autre refuge. Avant de sortir dîner, j'ouvre en grand la fenêtre. L'odeur s'atténuera peut-être.

Je gagne une avenue qui descend vers le front de mer, traverse la place Masséna, vise la Promenade des Anglais et ses restaurants. Ce serait fabuleux d'y rencontrer Clara. Sera-t-elle seulement là demain ? Sur le trajet, j'entre dans un bureau de tabac pour acheter une carte postale. J'en profite pour demander au commerçant s'il n'a pas une adresse à me conseiller. Je préférerais éviter les pièges à touristes. Il m'oriente vers le vieux Nice. Là, me dit-il, je pourrai dénicher quelques bonnes tables. Avant de m'y rendre, je téléphone à ma mère pour lui dire où je suis. Savoir que Monaco est ma prochaine étape l'impressionne beaucoup. Elle me parle de Grace Kelly, de l'accident de voiture dans lequel elle a perdu la vie, conclut en m'enjoignant à la prudence avant de raccrocher.

Où je mange importe peu. Le café dans lequel je vais boire un verre après importe peu. J'entre dans un cinéma pour un film dont je me moque éperdument, retourne dans un café ensuite. Je veux seulement repousser au plus loin mon retour à l'hôtel. Je ne pourrai pourtant pas y couper. Je ne peux déambuler toute la nuit dans la ville. Il me faut dormir si je veux tenir mon rôle demain face aux agents méditerranéens. Vers une heure trente du matin, je regagne l'hôtel, poussé dehors par un serveur pressé de finir son service. Nous sommes en milieu de semaine ; je suis le dernier client.

Dans l'escalier qui monte vers la réception un homme me précède. Il porte un sac en plastique. Deux bouteilles de vin de mauvaise qualité. Pire encore qu'un hôtel bon marché. Un hôtel à clodos. Je ne voyage pas pour être confronté à la misère du monde ! L'homme passe devant l'accueil sans un mot. Je souhaite bonne nuit au type de la réception. Surpris de tant de civilité, il me répond après un temps, s'empresse d'ajouter qu'il a déposé une serviette dans ma chambre. Le type devant moi grommelle. Si j'ai bien compris, je suis mieux traité que la reine d'Angleterre. « Il y en a qui ont de la chance », conclut-il avant de disparaître dans les étages. Il a raison, j'ai de la chance : l'odeur dans la chambre s'est atténuée.

Au milieu de la nuit, j'entends des éclats de voix. Je ne dors pas, je somnole. Régulièrement, le sanibroyeur des toilettes sur le palier se met en marche. Une fuite sans doute. Je n'ai pas pu me glisser dans les draps. Tout habillé, je me suis étendu sur le lit, craignant que ne s'y cache quelque insecte, cafard ou punaise. Le matelas est affaissé en son milieu, sans être mou, signe que beaucoup de voyageurs s'y sont étendus avant moi. Les voix viennent d'un autre étage. Je me figure le type de tout à l'heure avec ses deux bouteilles de Villageoise en train de se disputer avec sa mégère pour savoir qui aura le dernier verre de vin. Je rallume la lumière. La chambre est vraiment laide. J'éteins de nouveau. Cela ne change rien, même dans le noir, cette chambre est laide. Je ne dormirai pas.

Il est cinq heures lorsque je quitte l'hôtel. La nuit est encore là. Je traîne ma valise jusqu'à la Promenade des Anglais, m'installe sur un banc face à la mer. Attendant l'ouverture d'un café pour un petit déjeuner, je sors la carte postale choisie pour ma mère, une vue de la baie des Anges depuis la Promenade : « Je suis sur le deuxième banc en partant de la gauche. Le soleil se lève. La vue est magnifique. »

11

Monaco

J'arrive à Monaco en milieu de matinée. Un voyage de vingt minutes à peine. L'impression de traverser les clichés d'un catalogue de vacances. À chaque gare, les portes du TER s'ouvraient sur une carte postale. Parfois le train s'arrêtait sur la plage. J'aurais pu sauter dans la mer depuis le marchepied. Beaulieu, le cap Roux, la pointe de Cabuel, la baie de Saint-Laurent, le Cap-d'Ail… À chaque tunnel, la promesse d'un nouvel émerveillement, d'un nouveau spectacle.

Méridien Beach Plaza. Les rencontres débutent à onze heures. Malgré le manque de sommeil, je décide de traverser Monaco à pied. Seule opportunité de découvrir la ville. Je longe le port où sont amarrés de nombreux yachts. Monaco devait être un port de pêche autrefois, comme celui de La Cotinière. Je me demande où vont accoster les pêcheurs aujourd'hui. J'emprunte le tunnel rendu célèbre par le Grand Prix, celui sous lequel disparaissent les voitures pendant quelques secondes, laissant le téléspectateur dans l'incertitude : le leader sera-t-il toujours le même à la sortie ? Je suis le seul piéton. Dans le vacarme de la circulation et les gaz d'échappement, la balade n'est pas agréable. Je suis soulagé de revenir à l'air libre. Sur le trajet, je cherche une boutique pour obtenir de la monnaie en espérant tomber sur des euros monégasques. Hier soir, ma mère m'a rappelé que mon neveu Antoine n'avait sûrement pas de pièces de la principauté dans sa collection. Je ne veux pas laisser filer l'occasion d'installer mon image d'oncle voyageur, mais mon parcours ne me propose que des boutiques de luxe. Je ne peux faire un détour sans risquer de me mettre en retard.

Enfin arrivé, je demande ma clé. Je savoure déjà la douche qui viendra me débarrasser de l'odeur de la chambre de l'hôtel de Russie. Je la sens encore, incrustée dans mes vêtements et sur ma peau. Mon costume de coupe italienne ressemble à une chiffonnade de jambon de Parme. Par-dessus tout, je crains de transporter des insectes parasites dans mes bagages.

L'agent de la réception est désolé : je ne pourrai pas accéder à ma chambre avant quinze heures. Cette nouvelle m'accable. Clara ne peut pas me voir ainsi. Je lui raconte mes mésaventures. Il comprend, mais malgré sa bonne volonté, aucune chambre ne peut m'être donnée pour l'instant. À cause d'un rassemblement de professionnels du tourisme méditerranéens, précise-t-il.

— Mais justement ! Je suis là pour ça ! Vous conviendrez que je ne peux pas me présenter à eux dans cet état.

Il en convient. Serviable, il s'arrange pour me permettre l'accès aux vestiaires de la salle de sport au sous-sol. En y descendant, j'aperçois la piscine. Au-delà, s'ouvre une large baie vitrée avec derrière une deuxième piscine extérieure qui donne sur la baie. Après le lavabo crasseux de la chambre de l'hôtel de Russie, la comparaison est implacable.

À l'issue des rencontres, le représentant installé à la table voisine de la mienne me propose un verre au bar de l'hôtel avant de rejoindre la délégation pour un cocktail. Clara n'est pas là. Je n'ai qu'une envie : monter dans ma chambre et profiter de la baignoire. Nouveau dans la profession, il est sans doute préférable d'accepter, de commencer à constituer mon réseau.

Patrick travaille pour une société spécialisée dans les transferts depuis les aéroports de Roissy et d'Orly. Un habitué du circuit. Il connaît tous les salons, les réseaux professionnels, les hôtels dans lesquels il faut descendre. Malgré une grosse gourmette en or et des dents trop blanches, régulières comme des placards de cuisine, Patrick est plutôt sympathique.

— Je n'ai fait qu'une seule opération à l'étranger, à Londres, pour la journée seulement. J'aurais pu faire la Bourse internationale du tourisme à Milan, mais mon chef est parti à ma place.

— Tu t'es pas fait la BIT ?

— Ben, non.

— Eh bien tu vas avoir l'occasion de te rattraper.

Tandis que Patrick rit grassement de sa blague, me revient en mémoire ma recherche sur Google lors de ma première journée de travail. Je ne vois pas où il veut en venir.

— Les deux filles derrière toi, au comptoir, explique-t-il, ce sont des prostituées. Je préfère toujours les professionnelles. Je ne couche jamais avec les collègues ou les agents de voyages. *No zob in the job*, c'est ma devise. Mais faut quand même se détendre après le travail. Je crois que je vais me laisser tenter. Ça te dit ?

J'ai des doutes quant à la possibilité de consolider ma connaissance du métier en participant à une partouze.

— Je vais plutôt rejoindre les autres.

Il semble déçu mais se reprend assez vite.

— Eh bien, comme ça, j'aurai le choix !

Je laisse Patrick à ses projets, monte dans ma chambre me faire couler un bain. Sans Clara, Monaco ne m'intéresse pas.

Le lendemain, je quitte ma chambre au Méridien avec vue sur mer. À regret. Sa surface était deux fois supérieure à celle de mon studio parisien. Un luxe auquel il ne faut pas s'habituer. Je dois ce plaisir à la prestation tout compris proposée par l'organisateur, Vive(z) la France, structure chargée de promouvoir les intérêts touristiques de notre pays. Hormis la rencontre de Patrick qui confirme que les porteurs de gourmette ne sont pas fréquentables et la visite à ma table durant les rencontres d'une femme très déçue de ne pas trouver Petitclercq, rien de notable ne s'est produit durant mon séjour ici.

Comme la veille, je préfère me rendre à pied à la gare. Chaque fois que je croise quelqu'un, j'imagine une célébrité. Elles sont nombreuses à séjourner sur le Rocher. Je suis presque à la gare quand, en longeant le port, je vois un homme descendre d'une berline noire. Grand, il porte une chemise à rayures blanches et rouges sur un pantalon beige, un foulard en soie autour du cou et des mocassins Gucci, reconnaissables au fameux bandeau vert et rouge sur l'empeigne. Un homme très âgé que je connais bien. C'est lui. Il n'y a aucun doute. Je sors mon téléphone portable, lui demande s'il accepte d'être photographié avec moi. L'homme me sourit. Son chauffeur immortalise notre rencontre.

À la gare, j'achète une carte postale de Monaco au dos de laquelle j'écris une formule désuète mais qui me semble convenir : « Bons baisers du Rocher où j'ai croisé James Bond. » Ma mère sera impressionnée par ma rencontre avec 007.

Dans le train, je regarde la photo sur mon portable. Tout bien considéré, il ne s'agit peut-être pas de Roger Moore. Je me demande d'ailleurs si ce dernier est encore en vie. En revanche, l'homme sur la photo a un faux air de mon père, quelque chose dans le regard.

12
Bruxelles

Après Monaco, Petitclercq m'abandonne la plupart des déplacements. Je le crois d'abord rassuré sur mes capacités à m'occuper des représentations internationales. Bien vite je découvre la vérité : Petitclercq a rencontré quelqu'un. À Milan. L'heureuse élue travaille pour un tour-opérateur italien. Cette femme qui s'est présentée à Monaco, fort déçue de son absence. Lorsque je lui en ai parlé, son sourire a suffi à le trahir.

J'enchaîne les destinations : Madrid, Cologne, Stuttgart, Amsterdam, Barcelone, Düsseldorf, Liège... Aucun signe de Clara. À croire qu'elle a quitté le circuit. Bien sûr, de chacune de ces villes, j'envoie une carte postale à ma mère, correspondance qui alimente les conversations avec mes frères et ma sœur Véronique (savoir qu'ils ont ce sujet en commun, même s'ils n'en discutent pas tous ensemble, me donne l'illusion d'une famille unie). Les timbres lui permettent de se rendre à Chaucre pour voir Nathalie qui ne vient plus très souvent chez elle.

Toujours, mon temps est limité, mon emploi du temps chargé. Je dois mes rares découvertes au bon vouloir des chauffeurs de bus (la plupart de mes voyages se font en délégation) qui nous concèdent un détour en nous conduisant à l'aéroport ou à la gare, si l'agenda le permet. Parfois, l'un des agents de voyages participant aux rencontres s'improvise guide de sa propre ville, heureux de nous la faire visiter, insiste pour nous amener, après la réunion, dans une brasserie réputée (à Stuttgart) ou dans la Maison du Peket (à Liège). Le plus souvent, nous transitons du train à l'hôtel, de l'hôtel à la salle de conférence, de la salle de conférence à l'aéroport, de l'aéroport au palais des congrès, sans voir grand-chose, séjournant au mieux un soir dans la ville qui nous accueille, y restant souvent la journée seulement. Les organisateurs de ces rencontres ont par ailleurs la fâcheuse habitude de choisir des lieux de réunion à la périphérie des villes. D'un pays à l'autre, les périphéries ne varient guère. Dans la laideur, les urbanistes se sont inventé un langage commun, international, un espéranto de l'aménagement que personne, hormis eux, ne pratique, ni ne comprend.

Bruxelles n'est pas la plus exotique des villes. Mais je dois y rester deux nuits. Un luxe. Je vais participer à des rencontres professionnelles à l'Autoworld, musée de l'Automobile installé dans l'une des ailes du palais du Cinquantenaire, édifice commandé par le roi Léopold II afin d'affirmer la pérennité de son jeune pays qui avait vu le jour en 1830. Le monarque voulait un monument à l'architecture majestueuse, puissante, imposante, bref, un truc pour impressionner le pécore belge, tout comme le visiteur étranger de passage dans la capitale. Et pour impressionner, pour affirmer sa réussite, rien de mieux qu'un arc de triomphe flanqué de deux ailes aux allures de palais. Un siècle plus tard, une partie de ce palais accueille le musée de l'Automobile. Logique. Dès les débuts de son histoire, la voiture s'est affirmée comme l'arc de triomphe du milieu bourgeois et, plus tard, par la magie de la production industrielle, et par celle aussi du crédit *revolving*, des classes populaires.

Je voyage à bord du Thalys puis gagne le quartier de l'Autoworld en métro. J'ai réservé une chambre dans un hôtel correct juste en face du musée de l'Automobile. Ne pas séjourner dans un hôtel borgne est devenu rapidement une obligation. Comment évoluer dans le milieu du tourisme, être pris au sérieux si l'on n'est pas capable de trouver une chambre dans un hôtel aux critères de confort acceptables ? Bien sûr, le budget limité dont je dispose fait de cet exercice un challenge. Dans certaines villes, certains pays, cela relève de l'utopie. L'idéal, je le réalise bien vite, est l'opération pour laquelle l'organisateur facture l'hôtel (une *opé all inclusive*, comme ils disent, privilégiant toujours les abréviations et l'anglais pour faire pro). De fait, j'organise mon plan d'action en fonction de ces opportunités qui m'épargnent les mésaventures. Même si on n'est jamais à l'abri de tomber sur une chambre médiocre dans un hôtel trois étoiles. Ainsi, la prestation est facturée directement au service comptable de la Cité de l'Air du temps et je peux dormir sur mes deux oreilles dans des draps frais. Je regrette seulement l'absence d'originalité des hôtels appartenant à ces chaînes que choisissent les organisateurs. Ils répètent à travers la planète des standards de décoration afin de fidéliser le voyageur moderne friand d'inattendu raisonnable, d'exotisme familier qui ne le déstabilise pas.

Le séjour à Bruxelles me réserve cependant une belle surprise. J'y retrouve Clara. Stiech (prononcer Stiche). Durant les deux jours ici, j'ai tout le loisir de découvrir la couleur de ses yeux et d'en observer les moindres nuances. Ensemble, le deuxième soir, nous allons même visiter la Grand-Place dont j'envoie une carte postale à Oléron. Au dos, je note : « Je suis à Bruxelles, une fois. » J'espère répéter bientôt l'exercice : « Je suis à Bruxelles, deux fois. » L'idée fait sourire Clara. Je lui offre une gaufre dans un café sous le passage de la Reine, non loin de la Grand-Place. Elle pose son téléphone portable à droite de l'assiette, près du couteau, mais ne photographie pas nos gaufres lorsque le serveur les apporte. Je souris. La crème fraîche est légère. Moi aussi. Comme Petitclercq, je pourrais bien avoir « rencontré quelqu'un ». Pour lui cependant, l'histoire a mal tourné. Sa femme a découvert sa relation extraconjugale et demandé le divorce. Peu après minuit, Clara et moi nous quittons afin de rejoindre chacun son hôtel.

Clara est venue à Bruxelles par la route. Comme elle ne veut pas effectuer seule le voyage retour, elle me demande de l'accompagner.

— Ce sera moins long à deux, ajoute-t-elle.

Une place réservée à bord du Thalys promet de me déposer au cœur de Paris une heure et trente minutes plus tard, mais, sous le charme de Clara, j'accepte sans hésiter, espérant de ces quelques heures de route un rapprochement entre nous. Arrivée sur le parking, elle m'avoue qu'aucune voiture n'étant disponible dans le parc automobile de son institution, elle a dû se rabattre sur un utilitaire, un fourgon de douze mètres cubes. Je la rassure. J'ai l'habitude des voyages en camionnette. Après l'Auvergne, j'ai écumé le sud de la Bretagne, longé la Loire, sillonné le Morvan, la Champagne, et même poussé jusque dans le Doubs, toujours pour rendre visite aux autocaristes.

Il existe des modèles confortables, insonorisés, à la motorisation performante ; là, ce n'est pas le cas. La mécanique carbure au diesel, bien entendu, gronde comme un moteur d'avion dans la cabine que rien ne sépare de l'espace dévolu au chargement, presque vide. Nos deux valises et trois petits cartons de documentation inutilisée pendant les rencontres y sont un peu perdus. Sans cargaison, le fourgon fait caisse de résonance. Un modèle comme on n'en fabrique plus. De toute évidence, il aura bientôt sa place dans le musée de l'Automobile que nous venons de quitter. En sortant du parking, un bruit de ferraille claque derrière nous.

— C'est la porte latérale, me précise Clara. Elle ne ferme pas bien.

À se demander si cette ferraille brinquebalante nous mènera à bon port, si elle ne partira pas en pièces sur la route.

Outre l'état de notre engin, j'ai d'autres raisons de nourrir quelques craintes. Je connais bien, hélas, les voyages en fourgon hors d'âge.

Quand j'étais à l'université, l'un de mes camarades, Freddy, arrondissait ses fins de mois en s'adonnant, l'automne venu, au commerce des cèpes. Tous les deux jours, il effectuait un aller-retour entre La Rochelle et La Courtine, en Corrèze, où opèrent les grossistes en champignons. Nous étions plusieurs à nous relayer pour l'accompagner, partageant la route avec lui pour qu'il pût dormir et vendre sa marchandise dès le lendemain matin. Son vieux fourgon ne passait plus les contrôles techniques depuis longtemps. Le moteur menaçait de rendre l'âme dans chaque côte. La question n'était pas de savoir si le camion allait tomber en panne, mais plutôt de deviner quand. Après plusieurs voyages dont l'heureuse issue nous semblait toujours relever du miracle, l'engin avait fini par rendre l'âme, sur le chemin du retour, au bord de la nationale, un peu après minuit, au fin fond de la Dordogne, comme s'il s'était arrangé pour nous planter pile entre La Rochelle et La Courtine. Freddy était désespéré. Il allait perdre sa cargaison et avec elle le bénéfice réalisé au cours des dernières semaines. Au petit matin, il avait installé une pancarte et vendu ses champignons à prix coûtant. Deux heures après, le stock écoulé, nous avions gagné la gare la plus proche en stop. L'épisode avait mis fin à ce petit commerce. Freddy s'était ensuite concentré sur d'autres combines. Je me demande si le fourgon, modèle J7 de la marque Peugeot, demeure toujours sur le parking où nous nous sommes arrêtés cette nuit-là. Peut-être a-t-il été transformé en baraque à frites depuis, comme celle d'une certaine Josy où je me suis arrêté en visitant les autocaristes de la Loire. À mi-chemin entre Cholet et Saumur, plus précisément entre Concourson-sur-Layon et Cizay-la-Madeleine.

Malgré le carnet d'entretien à jour dans la boîte à gants, je ne suis pas rassuré à bord du fourgon de Clara. Avec attention, j'écoute le moteur, guette les bruits suspects. Bien qu'attiré par la conductrice, je redoute la panne au beau milieu du plateau picard, à mi-parcours. Là justement, près de Péronne, Clara décide de faire une pause. Après plus de deux cents kilomètres, j'ai enregistré le rythme des cliquetis de la mécanique, connais leur régularité rassurante perturbée par moments, à la faveur d'un défaut du revêtement de l'autoroute, par le claquement sec de la porte latérale. À l'arrière du camion, l'un des cartons s'est renversé lorsque Clara a engagé notre véhicule vers l'aire de repos de Feuillères, répandant son contenu sur le plancher. Une fois sur le parking, Clara enjambe le siège pour tout ramasser. Je la rejoins pour l'aider. Cette tâche terminée, nous sortons du camion par la porte latérale. Un routier stationné à proximité s'approche et me demande si « ça vaut le coup ».

— Je peux pas me plaindre, j'ai rien payé, je lui réponds en rigolant.

Sans doute n'ai-je pas mesuré la goujaterie de ma réponse. Dans mon dos, Clara, furieuse, balance ma valise sur le parking et me suggère de demander à mon nouvel ami de me ramener à Paris. La porte latérale claque. Je peux mesurer la colère de ma collègue qui vient de réussir à fermer cette satanée porte. Au moins, elle ne branlera plus. Quelques secondes après, le fourgon redémarre. Clara file en faisant rugir le moteur. Et moi, je reste là avec « mon nouvel ami ».

Une heure et demie plus tard, le routier me dépose près de la porte d'Asnières, non loin de mon appartement du boulevard Pereire, à quelques centaines de mètres de la Cité de l'Air du temps où je vais travailler à pied chaque matin.

Le poids lourd s'éloigne. Dans ma tête, résonne encore la petite musique brinquebalante du fourgon que le grondement régulier du camion n'a pas effacée. À mes pieds, malgré l'heure tardive, le flot des voitures engagées sur le boulevard périphérique s'écoule sans interruption, dans une rumeur qui m'apparaît presque douce.

Je n'ose imaginer le malaise de ma prochaine rencontre avec Clara.

13
Madrid

Bien souvent, les transports réservent davantage de surprises que les séjours. La plus fréquente est celle de s'entendre annoncer par un agent d'enregistrement d'une compagnie aérienne que vous êtes en *surbooking*. Pratique détestable : vendre plus de billets qu'il n'y a de places dans l'avion. Le train épargne ce désagrément au voyageur. Il lui en réserve d'autres.

L'Office du tourisme de Paris nous propose une opération à Madrid à un prix défiant toute concurrence grâce à un accord avec Elipsos, compagnie espagnole des trains de nuit. Petitclercq m'y inscrit. Le jour J, je me présente à la gare d'Austerlitz. Ce n'est pas mon premier voyage vers la capitale espagnole. Elle fait partie des villes où je suis allé plusieurs fois, souvent pour la journée. Jamais cependant je n'ai mis autant de temps pour m'y rendre : quatorze heures ! La perspective d'effectuer ce long trajet en train, de prendre le temps, de profiter d'un véritable wagon-restaurant comme cela se pratiquait autrefois, me séduit. Cela se rapproche de l'idéal romantique du voyage qui tend à devenir le mien après une année de déplacements, d'allers-retours, de départs aussitôt arrivé. J'ai tellement vu d'aéroports, tellement connu d'hôtels que je n'ai nulle envie de voyager lorsque viennent les vacances. Je n'ai pas envie non plus de retourner à Oléron où les rapports entre mes frères et sœurs ne se sont guère améliorés. Il m'arrive de partir sans rien dire à personne, pas même à ma mère, de me poser enfin pour quelques jours, louant une chambre d'hôte en Normandie ou même dans le sud de la Seine-et-Marne.

Clara fait partie du déplacement. Je ne l'ai pas croisée depuis notre retour de Bruxelles à l'automne dernier. Au wagon-restaurant, je prends un verre avec elle et parviens à dissiper le malaise entre nous, m'excusant de mon manque de délicatesse, accusant la fatigue et le stress de ce déplacement en Belgique. Nous dînons ensemble, nous moquons de la compagnie espagnole qui, pour se donner des airs d'Orient-Express, nomme « suites Pullman » ses minuscules compartiments parce qu'ils sont équipés de cabinets de toilette.

— Tu parles, il n'y a même pas d'eau dans ma suite.

Je lui propose d'échanger avec la mienne. Elle refuse, mais je devine à son regard qu'elle apprécie cette marque de galanterie. Cela tombe bien, j'ai un gros retard dans ce domaine avec elle. Je commence à imaginer une issue plus favorable au Paris-Madrid qu'au Bruxelles-Paris. Nous partageons une bouteille de vin. L'ébriété aidant, nous flirtons un peu avant de nous embrasser. Enfin ! Nous rejoignons le compartiment de Clara, le plus proche, pour partager la nuit. Mais à peine y entrons-nous que Clara veut en ressortir.

— J'ai envie de champagne, annonce-t-elle en riant. Je vais en chercher une bouteille au wagon-restaurant.

— J'y vais, lui dis-je, voyant là l'occasion de gagner en élégance (un très gros retard, j'en ai conscience).

Ce n'est pas tout. Les comprimés contre le mal des transports avalés avant le départ ne font plus effet. J'ai trop mangé, trop bu. Je ne voulais pas chipoter devant Clara. J'ai dans l'idée que cela fait viril de beaucoup manger. Je m'efforce de contrer les signes extérieurs de mon malaise. Inutile. Clara est saoule aussi et ne s'en rend pas compte.

Elle est même déjà partie. Sans tarder, je me précipite dans les toilettes, m'apprêtant à vomir dans la cuvette quand me revient la conversation à table : il n'y a pas d'eau dans sa cabine. Je teste la chasse à tout hasard ; rien ne vient. Il me faut trouver une solution. Vite. Clara va revenir d'un moment à l'autre. Je regarde autour de moi, repère dans ses bagages un sac plastique dont je vide le contenu. Deux secondes après, je vomis tout mon dîner. Ainsi libéré, je dépose le sac dans le lavabo et retourne dans la cabine. Sur un morceau de papier, je note : « Ma douce, je reviens tout de suite. B. » Avant qu'elle ne reparaisse, je quitte la cabine, claque la porte, remonte le couloir rapidement afin de me délivrer de mon embarrassant colis dans les toilettes de mon compartiment. Devant ma porte, je réalise que je n'ai rien dans les mains. J'ai laissé le sac chez Clara. Je reviens sur mes pas mais, sans clé, je ne peux ouvrir la porte. Secouer la poignée ne change rien. À travers les portes vitrées, je vois revenir ma promise, souriante, deux flûtes dans la main droite, une bouteille de champagne dans la gauche, tentant de maintenir son équilibre malgré les secousses du train. Honteux, je file vers ma suite et m'y enferme.

L'avantage d'une couchette est qu'elle vous permet de vous allonger dans le sens de la marche. Pourtant, je ne ferme pas l'œil de la nuit. Trop de questions m'en empêchent. Comment affronter le regard de Clara demain ? Comment expliquer une situation si grotesque et humiliante ? De plus, je dois supporter le bruit dans mon compartiment, pile au-dessus des roues. Après sept heures de route, le *tatactatoum* régulier se transforme en vacarme, en supplice. J'ai l'impression que le train dévale un escalier.

Quand le jour se lève, le train roule dans la campagne à l'approche de Madrid. Une douleur insupportable me perfore le crâne. De la fenêtre, j'aperçois des chevreuils au bord des voies. J'abaisse la vitre pour faire entrer un peu d'air frais. Les fenêtres qui s'abaissent donnent un côté désuet à ce train. Plus aucune ne s'ouvre désormais. Peu à peu, la modernité nous retire cette possibilité. Dans l'enfer climatisé, les fenêtres des bus, des bureaux, des trains ne nous sont plus accessibles. Même dans les taxis, il faut demander au chauffeur l'autorisation d'abaisser sa vitre. Là, j'en ai la liberté. L'air du matin est vivifiant ; il me procure un bien fou. La douleur se calme enfin. Le train traverse à présent une zone en construction, des kilomètres et des kilomètres de chantiers, des immeubles de briques à longueur de rails que l'Espagne en pleine frénésie immobilière érige un peu partout. Je remonte la vitre, réalise seulement qu'il m'aurait suffi de balancer le sac par la fenêtre pour éviter l'humiliation. Ce constat me contrarie, ravive ma migraine.

Quand je pose le pied sur le quai de la gare d'Atocha, j'espère la voir disparaître. Comme pour le mal de mer. Mais au contraire, la douleur redouble. À cause de la luminosité. Le soleil brille à Madrid. Je n'ai vraiment pas de chance. À quelques mètres, Clara me lance un regard sombre. Je suis revenu sur l'aire de repos au milieu de la Picardie. Foutu pour foutu, autant lui dire la vérité. Je m'approche d'elle mais elle tourne le dos, s'éloigne en discutant avec le représentant d'un hôtel des Champs-Élysées.

À la fin de notre journée de travail, les organisateurs nous demandent de remonter dans le bus pour retourner à la gare. Clara ne m'a pas adressé la parole de la journée. Je préfère ne pas me joindre à la troupe, décide de rester à Madrid pour la soirée, de repartir le lendemain en avion.

De retour au bureau, je découvre dans ma boîte e-mail une série d'échanges entre mes compagnons de route. J'ai fait le bon choix. Le chauffage du train est tombé en panne au début de la nuit et les trois quarts de la délégation sont rentrés chez eux se coucher en attendant le médecin. Clara, elle, ne m'a pas écrit.

14

C'est ma tournée

Mes déplacements express sont aux yeux des collègues soumis à l'immobilité des escapades bienheureuses. Pour eux, mes voyages ne relèvent pas du travail. C'est l'école buissonnière. Une bonne raison pour ne pas leur avouer que je grappille parfois quelques heures sur mon emploi du temps, préférant un vol tardif afin de visiter un quartier, un musée. Lors de ces échappées, je ne sors pas des sentiers battus, prétention vite abandonnée. Je veux simplement mettre mes pas dans ceux des millions de touristes passés avant moi. En tant que chargé de l'accroissement du rayonnement extérieur de la Cité de l'Air du temps, j'ai pris conscience qu'ils étaient les vrais aventuriers des temps modernes. Depuis les attentats du World Trade Center, il y a bien plus de risques à fréquenter les grands sites touristiques qu'à s'enfoncer dans des contrées reculées, voire sauvages. Mes collègues ne peuvent saisir cela. Ils partent pourtant en vacances, font du tourisme et risquent leur vie sans le savoir. Le touriste est un aventurier qui s'ignore. Mes collègues dont l'ambition la plus forte, si j'en crois leur discussion à la cantine, est de vieillir en bonne santé, resteraient chez eux s'ils en prenaient conscience. Bien entendu, lorsque je dois m'absenter plusieurs jours afin de participer à ce que la profession nomme des tournées, les habituels « bonnes vacances » se prolongent de remarques plus acides : « Eh bien, il y en a qui ont la belle vie ! »

Cette appellation de tournées évoque les *road-trips* des groupes de rock anglo-saxons se produisant de ville en ville. À vrai dire, hormis les transferts en autocar, ces tournées n'ont rien en commun. Représenter une institution culturelle auprès des professionnels du tourisme n'a pas grand-chose à voir avec la position de guitariste d'un groupe de rock. Il manque certains ingrédients, à commencer par le rock'n'roll. Il faut se contenter des programmes concoctés par les organisateurs, plus proches des soirées étapes pour VRP que de la vie de bohème.

Ma première tournée me mène en Europe de l'Est et débute à Budapest. De là, nous devons rejoindre Prague le lendemain, puis Cracovie et enfin Varsovie. Même un touriste pressé ne remplirait pas ce programme en moins de huit jours. Nous n'en disposons que de quatre.

Budapest, telle que nous la connaissons aujourd'hui (enfin telle que la connaissent ceux qui ont eu la chance de la visiter, les autres, comme moi, peuvent toujours s'en remettre à Wikipédia), est le résultat de la fusion de trois communes opérée en 1873 : Buda (déjà capitale de la Hongrie), Pest (la ville haute, sur l'autre rive du Danube) et Obuda. Celle-là, vous ne l'aviez pas vue venir, et moi non plus. D'ailleurs, durant le peu de temps passé en Hongrie, je ne la vois pas du tout, pas plus que Buda ou Pest. Victime d'un *surbooking*, j'arrive à l'aéroport vers une heure du matin quand mon atterrissage était prévu en fin d'après-midi. J'ai donc vu Clara s'envoler avec le reste de la délégation. C'est le premier déplacement que nous partageons depuis Madrid et j'espère bien trouver l'occasion de tout lui expliquer.

Lorsque je rejoins la salle de l'hôtel dédiée aux rencontres, je découvre, installé à la table voisine de Clara, le représentant de l'hôtel des Champs-Élysées, celui de la gare d'Atocha. L'organisateur de la rencontre a regroupé les participants par famille d'activité : les hôtels d'un côté, les musées, monuments et sites culturels de l'autre, les excursionnistes au milieu. Ma table est dans la partie réservée aux hôtels. Je soupçonne l'hôtelier d'être l'instigateur de ce bouleversement. J'hésite à exiger qu'on remette de l'ordre dans les familles mais je crains de me ridiculiser aux yeux de Clara. Sans un mot, je file m'installer entre deux hôtels, à l'autre bout de la salle.

De la ville, je ne vois que le fleuve depuis le salon de l'Intercontinental dans lequel se déroule notre réunion. À la fin, nous quittons l'hôtel sans délai.

— Un plateau-repas vous sera servi dans l'avion, précise l'organisatrice.

En montant dans le bus devant l'hôtel, j'aperçois le pont Széchenyi suspendu au-dessus du Danube. Depuis l'aéroport, j'envoie une carte postale à ma mère : « On nous a menti ! Certes, le Danube est beau mais il n'est pas bleu. »

Je pourrais vous peindre un tableau quasiment identique de Prague et du pont Charles, de Varsovie et de la place du Marché de la vieille ville, entièrement détruite pendant le soulèvement de 1944 et reconstruite à l'identique quelques années plus tard, ou de Cracovie, de la colline du Wawel et du château royal. Des aperçus rapides, quelques minutes volées à l'implacable organisation de notre emploi du temps, des impressions abstraites qui sur une toile se résumeraient à quelques taches de couleur, quelques formes indistinctes.

Les échanges avec les agents de voyages ne sont guère plus intéressants. Ils se limitent le plus souvent à des discussions sur les tarifs. *Low cost* et *last minute* sont désormais les principes prévalant dans le tourisme. Le voyage ne naît plus d'une envie mais d'une opportunité dont l'unique critère est le prix. La destination compte peu. Savoir la situer sur une carte est superflu. Le monde s'efface derrière les promotions. C'est la fin de la géographie.

Cracovie nous réserve cependant une drôle de surprise. Je ne parle pas ici de Clara s'affichant au bras de son hôtelier, riant de bon cœur. Chaque fois que mon regard se pose sur eux, je la vois sourire, d'un sourire que je connais bien et qui ne m'est plus destiné. Je devine aisément comment vont se terminer ces simagrées. Nombreux sont les couples à faire ces tournées. Des couples adultères le plus souvent qui mènent dans les hôtels une vie parallèle, recréant une routine rassurante : pépère et bobonne *on the road*, chez eux partout. Je chasse bien vite ces idées. Imaginer Clara ainsi m'est pénible. Je m'en veux de ne pas avoir réclamé ma table à Budapest. D'autant que ce petit jeu s'est répété le lendemain à Prague.

J'aurais dû mettre l'organisatrice face à ses responsabilités. Notre organisatrice, justement : peu rigoureuse, elle s'est contentée de visiter le site Internet de l'hôtel pour arrêter son choix. Cela peut convenir à l'organisation d'un voyage familial mais ne saurait s'appliquer à une délégation de quarante personnes. Les photos présentées sur les sites sont toujours avantageuses. Trompeuses parfois. Lorsque le bus pénètre dans le parc de l'hôtel en question, me reviennent sur le champ les images de la Pologne enregistrées à travers les médias : l'austérité de Jaruzelski, le pape Jean-Paul II, Bolek et Lolek ; Zbigniew Boniek, l'ailier droit de la Juventus de Turin bienheureux de son contrat à l'Ouest ; le prix Nobel de Lech Walesa, son interdiction de quitter le pays et sa femme Danuta à Stockholm pour recevoir le prix en son nom (si cet événement est resté dans ma mémoire, c'est parce que j'en ai fait un exposé en classe de cinquième à la demande de notre professeur d'histoire et géographie, M. Carmonel). Des souvenirs d'avant la chute du mur de Berlin.

L'hôtel est retranché au fond d'un parc aux allures de camp de vacances des Jeunesses communistes. Depuis le bus, nous apercevons les emplacements vacants prévus pour accueillir les caravanes durant l'été. Nous stoppons devant un bâtiment beige, sorte d'empilement de modules préfabriqués. Ce lieu devait être considéré de grand standing en 1983. Un quart de siècle plus tard, la peinture s'écaille et le parc est à peine entretenu. Finie la grande époque.

À l'intérieur, tout est dans son jus. Du sol au plafond, tout rappelle l'esthétique riante d'un kolkhoze. Même les membres du personnel portent des uniformes en Tergal. Les chambres sont décorées de moquette murale violette, une excentricité qui pourrait faire penser à un bar *lounge* à la mode parisienne. Agrémentées de rideaux jaune mimosa, elles évoquent plutôt une boîte échangiste de sous-préfecture. À croire qu'une décoratrice télévisuelle qui fait passer ses erreurs de jugement pour du bon goût, ruinant les intérieurs de millions de ménages crédules au profit des magasins de bricolage, a œuvré ici. Ce complexe de vacances pourrait être classé aux monuments historiques de l'ère soviétique. Déjà mes camarades de route, entrepreneurs pragmatiques pour la plupart, imaginent un écomusée, un parc à thème pour Polonais nostalgiques ou bobos occidentaux curieux d'une expérience unique : tissus synthétiques obligatoires, le premier qui utilise une crème contre les irritations finira ses vacances à décharger des cargos dans le port de Gdansk !

Bien entendu, l'hôtel est à l'extérieur de la ville. Pour un peu, nous pourrions penser que les autorités polonaises nous ont cantonnés là pour nous empêcher de circuler librement, comme à la bonne époque de la guerre froide. Au moins le parc nous permet-il de profiter du soleil radieux, phénomène inattendu pour moi qui ignore tout de la Pologne. Je l'imaginais figée dans le froid et le brouillard. Craignant la neige, j'avais même fourré une doudoune dans ma valise. Sur la carte postale destinée à ma mère, je témoigne de cette surprise : « Souvenir de Pologne où il fait rudement chaud pour un ancien pays communiste. »

Après cette tournée en Europe de l'Est, d'autres suivent, au pas de charge toujours : l'Allemagne (Berlin, Düsseldorf et Stuttgart puis Cologne, Francfort et Essen), l'Italie (Turin et Milan), l'Espagne (Madrid, Barcelone et Bilbao)... Parfois, j'y croise Clara sans trouver la force de lui parler, de dissiper le malentendu entre nous. La démarche serait vaine. À présent qu'elle est en couple avec son hôtelier, il n'y a plus d'enjeu. L'idée qu'elle se blottisse chaque soir entre ses bras m'est insupportable.

Dans ces conditions, je traverse des dizaines de villes sans en enregistrer de souvenirs très clairs. Je rapporte de ces tournées des images qui finiront par se mélanger. Pourtant, si le plus souvent, hormis le souvenir des plats dégustés (que je me refuse à photographier pour les poster sur les réseaux sociaux comme le font certains de mes collègues), je ne rapporte rien de précis, je sais que chacune de ces villes est inscrite dans ma mémoire, enfouie quelque part, prête à surgir. Il me suffirait de remettre les pieds dans l'une d'elles pour qu'immédiatement me reviennent des bribes de ma première visite. Par ces voyages, je gâche la magie des premiers instants dans ces villes. Le plaisir des odeurs nouvelles par lesquelles un lieu vous pénètre m'échappe le plus souvent. Pas le temps. Trop pressé. Et puis nous séjournons si souvent à proximité des aéroports que j'ai le sentiment que la plupart des villes sentent le kérosène. Mes souvenirs les plus vifs sont les cartes postales envoyées à ma mère. Il devient d'ailleurs de plus en plus difficile de s'en procurer, en particulier dans les villes peu touristiques qui les premières ont abandonné la partie face au développement des téléphones portables et de l'envoi de photos instantanées. Je suis l'un des derniers à poursuivre cette pratique archaïque.

15

Vous connaissez Basildon ?

À peine rentré d'une tournée, quelques villes de plus épinglées à mon tableau de chasse, me voici sollicité par le représentant d'un club de promotion de Vive(z) la France pour une tournée au Canada.

Guidé comme beaucoup par un intérêt pour la généalogie, j'avais découvert de potentiels cousins au Québec. Des Lechevalier avaient, semblait-il, traversé l'Atlantique jusqu'au Nouveau Monde, ce qui ne laissa pas de m'étonner : à ma connaissance, nos ancêtres n'avaient jamais quitté Oléron. Hormis mon père et moi-même ; je ne compte pas les vacances en camping-car de ma sœur.

En remontant au milieu du XVIIe siècle, je suis tombé sur un certain Jean Petit dit « Le Chevalier ». Il avait fini par prendre pour patronyme le surnom plus original sous lequel il était probablement plus connu. Petit, comme Legrand et Dupont, tombent par dix dès que l'on donne un coup de pied dans un arbre, fût-ce un érable. Le surnommer Dugenou m'aurait économisé de longues heures de recherches inutiles. Internet est un outil à double tranchant. Il offre autant d'opportunités de s'informer que de s'égarer et de perdre son temps. Enfin, pas tant que ça. Je savais désormais qu'une branche de notre famille n'avait pas toujours vécu sur l'île d'Oléron. Du côté de notre père, notre présence sur l'île remontait à la fin du XVIIIe siècle, un ancêtre venu d'on ne sait où ayant alors épousé la fille d'un paysan oléronais. Chez nous, l'insularité venait donc d'une femme, fille d'agriculteur. Guère étonnant de ne pas trouver de marin dans notre arbre généalogique. Dans les registres paroissiaux que j'avais pu consulter aux archives départementales, à Angoulême, il était même précisé que cet ancêtre, Jean Lechevalier était le fils de Jacques Lechevalier, commerçant ambulant et de Clémentine Lechevalier, née Hornec. Il ne m'a pas fallu longtemps pour comprendre que le nom de famille de cette Clémentine était un patronyme gitan. Ainsi, l'un de mes ancêtres était issu de la communauté de ceux que la loi française finirait par appeler les gens du voyage. Comment cette propension à la mobilité s'était-elle éteinte chez nous ? Certes ma sœur avait un camping-car, mais je ne crois pas que l'achat de ce véhicule fût motivé par un quelconque retour aux origines. Serait-ce la preuve d'un atavisme familial, celui-ci se réveillait bien tard et encore très faiblement. Pour mon père, l'esprit voyageur avait frappé plus fort.

L'idée d'aller au Canada reste alléchante malgré un vol long-courrier peu rassurant. Un instant, je suis tenté d'accepter. Ce serait là mon premier voyage transatlantique. Bien sûr, je préférerais l'effectuer en bateau. Découvrir l'Amérique par la mer est plus romanesque.

J'ai déjà plusieurs dizaines de milliers de kilomètres à mon actif et quelques mauvaises expériences derrière moi. Aussi, prudent, je demande le programme du voyage avant de répondre à cette offre. Je sens bien que mon interlocuteur hésite à m'en donner le détail. Il se contente d'un simple « comme l'année dernière » peu convaincant. J'insiste. Il finit par lâcher le morceau : départ le lundi matin à l'aube de Roissy, retour dans la nuit du vendredi au samedi, quatre villes au programme, Montréal, Ottawa, Toronto, Vancouver, vingt et une heures d'avion sans compter les transferts intérieurs (il faut quand même plus de cinq heures pour rallier Vancouver depuis Toronto), merci, bonsoir, je vous entends très mal, je vais passer sous un tunnel, mais je vous appelle sur votre fixe, me dit-il. Je raccroche, non mais, faudrait pas me prendre pour une truite, non plus !

Premier refus. D'autres suivent. Dans notre société où le voyage est devenu une preuve de réussite sociale, d'ouverture d'esprit, ne pas vouloir bouger est louche. Dans ma position, ma fonction, il est encore plus difficile de revendiquer son droit à l'immobilisme. Il faut jouer fin, ruser, quand je veux céder certains déplacements à mes collègues. Petitclercq peut difficilement me remplacer à présent. Il a divorcé il y a six mois et obtenu la garde du chien.

— Je ne peux pas le laisser seul et je ne peux pas demander à ma femme de s'en charger. Elle m'en veut d'en avoir la garde. Je la comprends, c'était le sien. Mais les enfants étaient déjà trop grands et je voulais l'emmerder. Elle avait obtenu la maison après tout. Elle ne pouvait pas tout avoir. C'était d'ailleurs leur idée, aux enfants, d'appeler ce chien Le Iench. Ça veut dire chien, en verlan. Ça les fait rire de parler comme des jeunes de banlieue. Quand on habite Montfort-l'Amaury, le verlan, c'est exotique, vous comprenez.

Heureusement, j'ai d'autres collègues, ceux-là mêmes qui me reprochent à demi-mot de mener la belle vie. Ainsi, au plus geignard d'entre eux, Christophe Pelletier, recruté il y a peu pour démarcher les comités d'entreprise et les autocaristes de province (en d'autres termes, s'occuper du « rayonnement intérieur »), je lâche, l'air de rien, à la machine à café, que je dois me rendre à Londres pour la troisième fois cette année. Voyage dont je me passerais bien. Sentant la lassitude me gagner, j'ai préparé le terrain en lui rapportant la discussion que j'ai eue avec Patrick (*No zob in the job*) à Monaco. Il en a eu la bave aux lèvres. Depuis il me regarde partir avec envie. Aigri par ses allers-retours en train de banlieue et les déjeuners dans les restaurants d'entreprise, Pelletier mord à l'hameçon.

— Je peux te remplacer si ça peut te soulager.

Comme Petitclercq, Pelletier se préoccupe de mon bien-être.

— C'est gentil, mais je ne peux pas accepter.

— Pourquoi ça ? Avec tous ces déplacements, tu as à peine le temps de faire ton travail ici qu'il te faut déjà repartir.

— Je sais bien, mais c'est pour ça que Petitclercq m'a embauché. Il risque de ne pas apprécier si je me défile.

— Écoute, si tu veux, je lui en parle. Discrètement, je vais lui glisser que tu bosses comme un dingue, qu'il faut penser à te ménager.

— Il va te répondre qu'il ne peut pas faire les voyages à ma place, à cause de son chien.

— Et là, moi je lui dis que je peux t'aider, que je peux te remplacer.

— D'accord, mais il faut qu'il sache que l'idée vient de toi sinon il va penser que je cherche à me la couler douce.

— J'en fais mon affaire.

Quelques semaines plus tard, Pelletier part la fleur au fusil pour une tournée du grand Londres, ville des plus attractives mais qui sous le qualificatif de « grand » cache un démarchage des agents de voyages de lointaine banlieue : Basildon, East Grinstead et Southampton, villes aussi charmantes qu'une station-service dans une zone industrielle.

À ma grande surprise, Pelletier en revient ravi. La périphérie de Londres lui a fait l'effet d'une bouffée d'air frais comparée à celle de Paris. Un instant, je redoute qu'il ait fait la connaissance de Clara. Qu'elle soit en couple, installée même, avec l'hôtelier m'est suffisamment pénible ; si elle devait avoir une aventure extraconjugale avec Pelletier, je ne le supporterais pas du tout. Je me reprends. Il n'y a pas lieu de s'inquiéter. Pelletier est d'une nature ennuyeuse, une sorte de Valium humain qui fait de toute conversation une épreuve pour la joie de vivre. Ce qu'il confirme en déroulant le menu de tous ses repas outre-Manche. Le sujet semble passionner Petitclercq qui, incapable de cuisiner un œuf, doit se contenter de plats surgelés depuis son divorce. Il a grossi à vue d'œil en quelques mois. Je les abandonne à leur *debrief*.

Poussé par un fond de mauvaise conscience, trois mois plus tard, j'abandonne à Pelletier un déplacement en Sicile pour une nouvelle réunion des tour-opérateurs méditerranéens. J'avoue : j'ai repéré dans le programme le départ au petit matin à l'aéroport de Roissy et les cinq heures d'escale à Rome à l'aller comme au retour. Malgré la perspective alléchante de séjourner quarante-huit heures à Taormina, je n'ai pas le courage d'endurer les désagréments du transport. Plus encore, l'idée de m'installer au bord de la piscine de l'hôtel ou sur la plage près de Clara, et sans doute de son conjoint, m'est intolérable. Combien de temps me faudra-t-il pour accepter d'être passé à côté du grand amour ? J'en suis convaincu, Clara était la femme de ma vie.

16

Voyager me coûte

La carte derrière mon bureau est à présent constellée de points rouges. Mais chaque épingle a affaibli mon envie de partir. Réaliser que mes déplacements n'amélioreraient en rien les relations entre les membres de ma famille, que mes cartes postales n'auraient aucun effet sur la situation, que les probabilités de croiser mon père par hasard étaient quasi nulles n'aide pas. J'éprouve même un haut-le-cœur à l'idée de préparer mes bagages. Le mouvement perpétuel auquel je suis soumis depuis plus de deux ans m'est devenu pénible. À la moindre faille, au moindre contretemps, j'annule mes déplacements. S'impose la vanité de ces départs incessants, de ces retours rapides.

Je ne comprends pas l'évolution du tourisme à laquelle j'assiste. Les voyageurs multiplient les courts séjours (*shortbreaks* pour les pros), n'hésitant pas à s'envoler pour un week-end à New York ou un trek de quelques heures dans les montagnes de l'Atlas. Le temps du voyage n'existe plus. Seule compte l'inscription au tableau de chasse d'une destination supplémentaire. Ce n'est qu'un affichage social. La carte derrière mon bureau prouve que je ne vaux pas mieux que les touristes.

Les sociologues qui étudient les déplacements les retranscrivent sous la forme de traits entre deux points. L'accumulation de ces traits sur un temps donné finit par former une étoile, plus ou moins grande selon les individus. En prenant ce poste et ses promesses de voyage, sans doute ne cherchais-je qu'à modifier la taille de mon étoile. Celle-ci, en effet, a grandi. Vite. Mais c'est une étoile noire. Avec sa taille, augmente aussi l'ombre qu'elle porte sur le monde. À chaque retour, tandis que j'épingle une nouvelle destination, j'éprouve le sentiment d'avoir vu sans découvrir, sans connaître. Frustré de ne rien ramener de ces voyages sinon des impressions fugaces, fausses souvent ou relevant du cliché. Ainsi Liège m'est apparu comme une station balnéaire hors saison. Rien de vrai, rien de faux, seulement des guitaristes mexicains fabriqués au Japon.

L'annonce d'un nouveau déplacement, d'une nouvelle destination ne me met plus en joie comme au début. Même lorsque j'en parle avec ma mère au téléphone, j'ai du mal à jouer la comédie. Mes cartes postales ne sont plus aussi enjouées. Un instant, je songe à arrêter, démissionner de ce travail et rentrer à Oléron, sur mon île. Il me faut poursuivre. Je n'imagine pas retourner là-bas, coincé dans les dysfonctionnements familiaux. Que s'est-il passé ? Comment ai-je pu, en quelques mois, quelques années, virer de l'enthousiasme des premiers départs à la lassitude de voyager ?

Je pars tout le temps, reviens aussitôt. Entre les deux, rien. Et comme je voyage en délégation le plus souvent, il me faut suivre la troupe, obéir à son rythme. Les pas de côté ne sont pas tolérés. Il faut rester dans le droit chemin. Or (une évidence, mais tant pis, je l'écris quand même) voyager, c'est sortir du cadre habituel, rechercher la surprise. La quête de tout voyageur est de partir vers l'inconnu et de se laisser surprendre. Là est la différence avec le touriste qui, lui, veut voir ce pour quoi il est venu. Retrouver toujours, à quelques exceptions près, les mêmes compagnons de route, parmi lesquels Clara, me semble rendre la situation plus pénible encore.

Parfois, cependant, les organisateurs prévoient dans nos plannings des moments de détente. Ainsi après un salon en Alsace, une excursion comprenant la visite d'une cave viticole puis celle du musée Unterlinden de Colmar nous était proposée. Je m'y inscrivais sans hésiter. Au musée de Colmar, je voulais admirer le fameux retable d'Issenheim du peintre Grünewald. J'en avais observé quelques reproductions. La modernité de ce peintre du haut Moyen Âge m'avait semblé des plus surprenantes. Le panneau consacré à la Résurrection, par exemple, figurait un Jésus-Christ superstar au graphisme pop psychédélique qui semblait rejoindre Lucy et tous les diamants du ciel. Il n'était pas possible de le voir en dehors des grandes fêtes (Noël, Pâques, Ascension, Pentecôte), mais celui de la Crucifixion justifiait à lui seul le déplacement. Il suffit pour s'en convaincre de lire les lignes que Huysmans lui a consacrées :

« Là, dans l'ancien couvent des Unterlinden, il surgit, dès qu'on entre, farouche, et il vous abasourdit aussitôt avec l'effroyable cauchemar d'un calvaire. C'est comme le typhon d'un art déchaîné qui passe et vous emporte, et il faut quelques minutes pour se reprendre, pour surmonter l'impression d'horreur que suscite ce Christ énorme en croix, dressé dans la nef de ce musée installé dans la vieille église désaffectée du cloître. »

Grâce soit rendue à l'écrivain d'avoir noté ses premières impressions face au fameux retable que son époque n'avait pu gâcher par des préjugés nourris du visionnage sur Internet de reproductions aux couleurs viciées. Aujourd'hui, nous ne voyons rien pour la première fois. À de rares exceptions près, nos premières fois sont préparées, conditionnées même, par Google. Certes, Huysmans avait dû observer des photos de l'œuvre. En noir et blanc. Plus loin dans le texte, on peut d'ailleurs noter dans sa description méticuleuse du retable combien il est sensible aux couleurs. Une découverte pour lui. Il en note toutes les nuances, toutes les variations, s'étonne même du savoir-faire de l'artiste qui avec une palette limitée donne l'impression de possibilités infinies :

« La lumière se déploie en d'immenses courbes qui passent du jaune intense au pourpre, finissent dans de lentes dégradations par se muer en un bleu dont le ton clair se fond à son tour dans l'azur foncé du soir. »

Je me réjouissais de la confrontation avec cette œuvre. Hélas, jamais notre équipée n'a atteint le retable d'Issenheim. Colmar oui, mais au-delà de l'horaire d'arrivée initialement prévu, et bien après la fermeture du musée.

La raison de notre retard était prévisible. Bien trop occupés à déguster les vins alsaciens, les tour-opérateurs n'avaient accepté de quitter la cave qu'après avoir grandement profité de l'hospitalité du vigneron. Lui au moins, compte tenu des nombreuses bouteilles vendues, n'avait pas perdu sa journée. Désœuvré, je marchais dans les rues de Colmar, déjà endormie, et me revoyais quelque vingt ans plus tôt, débarquant au petit matin à Carrare.

De plus, ces voyages me conduisent toujours aux mêmes endroits, ou presque. Les raisons qui motivent un déplacement sont des rendez-vous récurrents qui rythment l'année, de septembre à juin. Ces événements se répètent, identiques et monotones. Si parfois une destination inédite s'ajoute à la liste, il ne faut rien en attendre de nouveau. Ces voyages mènent toujours vers des lieux uniformisés par la mondialisation qui installe un peu partout les mêmes enseignes commerciales. Il faut chercher longtemps pour éprouver le dépaysement dans les centres urbains des pays développés.

L'exotisme n'est plus saisissant. Comme le diable, il se cache dans les détails. Mais le voyageur de commerce peut-il s'attarder à les observer ? De toute façon, le globe-trotter pour raisons professionnelles n'aime pas la distraction. La chambre d'hôtel en est l'illustration. Les grands groupes hôteliers répètent d'un hôtel à l'autre les mêmes décors, fruits de la mode et de la nécessité du renouvellement régulier des installations pour répondre aux exigences de la réglementation. Ainsi, confiés aux mains de gestionnaires consciencieux, les hôtels, après de longs et coûteux travaux, effacent à intervalles réguliers leur histoire. Ils offrent alors des chambres flambant neuves, sans âme dans le meilleur des cas, sans goût le plus souvent. Le banal et son anesthésiante résignation. Dans le dérangement du quotidien que constitue le voyage, l'hôtel est une normalisation rassurante de l'espace, une simplification bienvenue de l'existence qui se résume à quelques actions nécessaires, sinon vitales, pour l'homme civilisé : dormir, se laver, s'habiller. Aussi modeste soit-elle, la chambre d'hôtel fournit au voyageur les commodités essentielles au nombre desquelles compte désormais la télévision. Qui pourrait imaginer aujourd'hui une chambre d'hôtel sans télévision ? Il faut bien occuper le voyageur. Hormis le *check-in* et le *check-out*, l'hôtel offre peu d'occasions de relations sociales. Et je ne supporte plus celles imposées par la vie professionnelle. Sans doute parce que je dois jouer tout le temps avec la présence de Clara. Dans l'avion, dans le bus, au restaurant, je choisis toujours une place pour ne pas l'avoir dans mon champ de vision. Dans les salles où se déroulent les rencontres, c'est moi désormais qui modifie l'organisation pour ne pas être à côté d'elle. Même de dos, la voir m'est difficile. Pourtant je m'endors parfois sur le souvenir du long moment privilégié où, il y a longtemps déjà, j'ai eu tout le loisir de la regarder dormir et d'observer la perfection de ses traits. Image apaisante malgré tout. Clara...

17

Si t'aurais venu

De temps en temps, je retourne à Oléron pour voir ma mère et, parce que je sais que cela lui fait plaisir, mes frères et sœurs. Depuis mon départ, ils ont réussi à se brouiller davantage. Nathalie et Véronique, les deux dernières à se parler encore, se sont découvert un motif de discorde. Le départ de mon père a créé une blessure que rien ne peut guérir, qui ne peut qu'empirer. Ma famille n'appartient pas à cette élite que l'expérience de la douleur grandit. Elle a explosé dans un big bang domestique dont subsiste le noyau originel : notre mère. Autour d'elle gravitent les pauvres satellites en errance que nous sommes. Les « rassemblements familiaux » se font désormais en quatre séquences. De l'aîné, François, à la plus jeune, Nathalie, elles s'étalent du matin au soir, entrecoupées de pauses pour s'assurer que personne ne se croise et que mon estomac se repose entre chaque collation. Je n'ai plus l'habitude de manger autant. Effet, négatif selon ma mère, de la vie de célibataire à Paris. Mais grâce à cela, malgré quelques dîners où je me contente d'un paquet de chips, d'une plaque de chocolat et d'une bière en regardant des séries en *streaming* (en ce moment, je regarde *Lost* ; je suis fasciné par cette histoire de victimes d'un crash perdues sur une île), je reste svelte malgré la quarantaine qui approche. Je ne compte plus le nombre d'allers-retours que j'ai effectués jusqu'à Oléron. Inévitablement, j'accuse deux kilos de plus quand je remonte à Paris et sur ma balance. Heureusement, Petitclercq est là pour me conseiller la meilleure façon de les perdre. Il s'est fait le spécialiste des régimes. Chaque fois qu'un nouveau gourou de la perte de poids apparaît, friand de ce qui semble moderne, il lui emboîte le pas, applique scrupuleusement ses principes. Depuis son divorce prononcé il y a deux ans, Petitclercq, qui dans les premiers mois de son célibat a abusé des plats cuisinés industriels, a pris quinze kilos au bas mot. Chaque nouveau régime, après une phase d'amaigrissement de quelques semaines, fait monter un peu plus haut sa courbe de poids. Dernièrement, il a entrepris un régime dissocié n'avalant, une semaine durant, qu'une seule sorte d'aliment. Nous l'avons vu se nourrir de poulets, de pommes, de choux, de lentilles... Je n'aurais pas dû lui parler du faible apport calorique des huîtres. Mais ma fierté oléronaise ressurgit parfois qui me pousse toujours à vanter les produits de ma région. Petitclercq s'est mis en tête de consommer exclusivement des huîtres pendant toute une semaine. Il en a suffi d'une, un peu moins fraîche, pour lui causer une intoxication alimentaire d'anthologie. Quand il est revenu huit jours plus tard, il avait perdu six kilos. Il m'en a remercié. De tous les régimes qu'il avait suivis, c'était de loin le plus efficace. Depuis, chaque fois que je descends en Charente où je m'étais empressé de rapporter l'histoire, tout le monde me demande des nouvelles de Petitclercq.

À chacun de mes frères et sœurs, je dois bien entendu raconter mes derniers voyages.

— Alors, tu es allé où depuis la dernière fois ? me demande François.

J'énonce alors la liste des villes que j'ai traversées, à l'étranger bien sûr, mais n'oublie jamais d'ajouter mes déplacements en France.

— Dernièrement, je suis allé en Bretagne, à Lorient, pour un rassemblement des tour-opérateurs spécialisés dans les voyages scolaires. Le Comité régional du tourisme de Bretagne avait organisé une grande soirée avec un concert de chants traditionnels bretons. Une chanson très drôle disait : « Si t'aurais venu / T'aurais mangé de l'andouille / Comme t'es pas venu / Elle est restée pendue… »

Et en effet, ça le fait rire. Je suis passé maître dans l'art de transformer mes déplacements ennuyeux en expériences réjouissantes.

Quand vient le tour de Thierry, maman sort les cartes postales que je lui ai envoyées.

— Tu l'as vu ça ? demande-t-il.

— Oui, vite fait, depuis le bus.

— Et ça ?

Il me montre une vue de l'Atomium de Bruxelles.

— Non, ça, je l'ai pas vu. En revanche, dernièrement, je suis allé en Bretagne, à Lorient, pour un rassemblement des tour-opérateurs spécialisés dans les voyages scolaires. Le Comité régional du tourisme de Bretagne avait organisé une grande soirée avec un concert de chants traditionnels bretons. Une chanson très drôle disait : « Si t'aurais venu / T'aurais mangé de l'andouille / Comme t'es pas venu / Elle est restée pendue... »

Thierry rit.

Véronique me facilite la tâche. Elle me dit qu'elle envisage de visiter le sud de la Bretagne l'été prochain. Avec son mari, ils ont acheté un nouveau camping-car, plus confortable, qui leur permet d'envisager des voyages vers le nord.

— J'y suis allé en Bretagne, à Lorient, pour un rassemblement des tour-opérateurs spécialisés dans les voyages scolaires. Le Comité régional du tourisme de Bretagne avait organisé une grande soirée avec un concert de chants traditionnels bretons. Une chanson très drôle disait : « Si t'aurais venu / T'aurais mangé de l'andouille / Comme t'es pas venu / Elle est restée pendue... »

Elle se tourne vers son mari.

— Tu vois, Max, ça va être super. En plus, tu adores la charcuterie.

Avec ma plus jeune sœur, je répète la même histoire, chante ma petite chanson, mais Nathalie est la plus difficile à dérider.

— On ne dit pas « si t'aurais », mais « si t'étais », répond-elle d'un ton sec.

Je ne sais pas comment relancer la conversation. Ma mère propose une autre part de tarte aux pêches en s'excusant toujours parce qu'elle n'est pas présentable. C'est la quatrième de la journée ; je ne peux plus en avaler une bouchée.

18

J'ai peur de l'avion

Sous l'impulsion de Petitclercq, mon intérêt pour les voyages revient. Depuis son divorce, il s'est jeté à corps perdu dans le travail, ne cesse d'avancer de nouvelles idées pour accroître le rayonnement de la Cité de l'Air du temps. Quand il s'est présenté dans mon bureau ce matin, il avait sa tête des grands jours, celle qu'il affiche lorsqu'il est convaincu de tenir une idée géniale et qu'il ne reste plus qu'à foncer. Mauvais signe le plus souvent. Rien ne peut lui résister.

— J'ai bien réfléchi, il faut qu'on aille au Japon.

« On » est un pronom indéfini qui peut se rapporter à lui comme à moi, et même à Pelletier désormais. Qui partira cette fois ? Moi, bien sûr. La perspective de découvrir le pays du Soleil-Levant est séduisante, pourtant je ne parviens pas à me réjouir de cette annonce. Au contraire, une forme de vertige me saisit. Sans écouter les arguments de Petitclercq, je tente de le convaincre de l'inutilité d'un tel déplacement. Il suffirait de rendre visite aux agences japonaises réceptives qui, depuis leurs bureaux parisiens, organisent le séjour des touristes en

France. De prendre contact le cas échéant avec leur maison mère à Tokyo.

— Et puis je ne parle pas japonais, conclus-je.

— On prendra un interprète, contre-t-il.

Pas d'autre argument. L'idée vient de lui. Je ne peux y couper.

Bien sûr, je pourrais lui avouer la véritable raison de ma réticence : ma peur de l'avion. Depuis que je travaille pour la Cité de l'Air du temps, je n'ai effectué que des vols brefs. Pour la première fois, j'emprunterai un vol long-courrier. Je vous entends déjà tenter de me rassurer, dire que la peur vient avant tout de l'inconnu. Inutile de rationaliser, d'étaler devant moi les statistiques démontrant que l'avion est le plus sûr moyen de voyager, que j'ai plus de chance de mourir en traversant la rue devant chez moi, écrasé par un automobiliste distrait par son téléphone portable, rien n'y fera : j'ai peur de l'avion.

Je n'en suis pas cependant à refuser de me déplacer par les airs. Je prends même souvent l'avion, et concède au moins un intérêt à ce mode de déplacement : celui de vous placer toujours dans le sens de la marche, détail appréciable. Mais chaque fois que je prends l'avion, alors que l'appareil quitte la zone d'embarquement et roule vers la piste pour se placer en position de décollage, je ne peux m'empêcher de penser, durant ces longues minutes où le personnel navigant tente de vous rassurer en vous expliquant comment utiliser le matériel de secours en cas d'accident, que c'est peut-être là mon dernier voyage. L'humour dont font preuve certaines hôtesses lors de ces démonstrations, les plus drôles étant filmées puis postées sur les réseaux sociaux par les passagers, ne change rien. C'est idiot, je le sais. Mais cela ne dure pas longtemps. La simple apparition du chariot à boissons quelques minutes après l'envol, la perspective d'un sachet de biscuits salés et d'un jus de tomate suffisent à apaiser mes angoisses. Je n'ai jamais compris pourquoi je consommais du jus de tomate dans les airs alors que je n'en bois jamais sur le plancher des vaches. Je n'aime pas ça. Vous qui en êtes à tout rationaliser, essayez donc de m'expliquer cela ! Ce calme ne dure pas non plus. La peur revient dès l'annonce de la descente. C'est bien connu, la plupart des accidents ont lieu au décollage ou à l'atterrissage, rarement en plein vol.

Je l'affirme sans chiffres à l'appui. J'ai en tout cas cette croyance en moi, bien ancrée, même si me viennent à l'esprit de nombreux exemples d'accidents survenus en plein vol, en plein plateau-repas peut-être. J'imagine un passager hésitant à commencer par ce flan aux courgettes qui ressemble à une tarte aux quetsches ou par cette portion d'un saumon qui ne pensait pas finir si loin de la rivière où il aurait pu naître s'il n'était d'élevage et bourré d'antibiotiques, loin de son point de départ ou d'arrivée en tout cas (je parle du passager, bien entendu, pas du saumon), victime d'un missile, des intempéries, d'un incident technique.

Ma peur de l'avion s'explique : mon frère Thierry se passionne depuis tout petit pour les crashs aériens. Il tient cet intérêt de l'admiration de notre père pour Marcel Cerdan et de ma mère pour Édith Piaf. L'histoire de la disparition du boxeur dans le crash du Constellation qui le menait vers la célèbre chanteuse revenait fréquemment dans les discussions (chaque fois qu'un boxeur français perdait un combat, chaque fois qu'une nouvelle chanteuse apparaissait à la télévision). Thierry possède une belle collection d'articles de presse. Depuis les débuts de l'histoire de l'aviation, elle retrace les nombreux accidents qui ont jalonné son développement. Sa collection ne s'arrête pas là. Sa bibliothèque est remplie d'ouvrages consacrés au sujet. Il possède même, posé sur une étagère au milieu de ces angoissants volumes, un objet étrange que d'aucuns pourraient confondre avec une œuvre d'art contemporain : une paire de ciseaux prise dans une masse de plastique fondu. Thierry en avait fait l'acquisition à l'adolescence, lors d'un rassemblement de collectionneurs à Angoulême où mes parents avaient accepté de le conduire. Son rêve était d'acheter une des reliques du crash de Cerdan. Or ces objets s'échangeaient à des prix qui dépassaient le contenu de sa tirelire. Il s'était rabattu sur cette paire de ciseaux récupérée après le crash d'un avion Douglas survenu le 7 février 1953 à Eysines, dans la banlieue de Bordeaux. De ce tragique épisode, Thierry possédait bien sûr les articles extraits du quotidien *Sud-Ouest* ainsi que le rapport du Bureau d'enquêtes et d'analyses. Cet objet, qui sans doute provenait de la trousse de toilette d'un des passagers, pris dans une masse de plastique fondu, révélait plus que tous les commentaires la violence de l'événement, les flammes, l'intimité des morts. Les collections sont toujours plus ou moins morbides. Celle-ci pousse le principe à l'extrême. Elle a sans doute nourri ma crainte de l'avion. À moins qu'elle n'ait d'abord nourri celle de ma mère qui me l'aura transmise.

Toujours est-il que si je supporte relativement bien un vol bref, je me fais beaucoup moins à l'idée de rester onze heures d'affilée enfermé dans un avion. La plupart des grandes capitales d'Europe vers lesquelles j'ai voyagé sont à un jus de tomate de Paris. L'idée de partir au Japon ne me réjouit pas.

Le jour du départ, je me rends sans entrain à l'aéroport de Roissy-Charles-de-Gaulle. Là, avant l'embarquement, j'appelle ma mère. Une dernière fois, pensé-je.

L'avion a décollé. Le vol va s'effectuer de nuit en grande partie. C'est une bonne chose. Il me sera alors impossible de distinguer quoi que ce soit par le hublot, ni le paysage au sol dont les détails minuscules font prendre conscience de l'altitude déraisonnable à laquelle le vol s'effectue, ni les autres avions qui saturent l'espace aérien et qui pourraient à tout moment entrer en collision avec le nôtre.

Pour l'heure, il fait jour. Je peux observer à loisir la campagne française dérouler à quelques milliers de mètres en dessous la géométrie abstraite de ses champs, de ses forêts, le parcours sinueux de ses rivières. Je ne prends aucun plaisir à ce spectacle. Mon siège se situe en léger retrait de l'aile. Certes, je peux contrôler que le moteur de ce côté-ci de l'avion est toujours en marche mais je peux aussi voir l'aile bouger, se tordre, prête à se rompre, semble-t-il. Je n'ai qu'une envie : me lever pour aller vérifier sur-le-champ que l'autre aile est toujours là, bien accrochée à la carlingue. Heureusement, les hôtesses s'approchent avec les plateaux-repas pour me détourner de mes angoisses.

Quand elles débarrasseront nos tablettes, nous aurons atteint notre altitude de croisière. Les bruits seront moindres. Je pourrai peut-être dormir alors, comme certains de mes voisins. En attendant, j'allume le petit écran devant moi et choisis un film parmi la sélection que propose Japan Airlines. Au passage, je tombe sur le canal qui permet de suivre le parcours de notre avion. Après avoir quitté Paris, nous avons survolé l'Allemagne, puis longé les côtes de la Pologne. Bientôt nous laisserons les pays baltes derrière nous. L'appareil s'enfoncera plus encore dans la nuit et l'espace aérien russe. Jamais je ne me suis trouvé aussi loin de chez moi. Jamais aussi haut non plus. L'écran indique que nous volons à près de onze mille mètres d'altitude. Ce genre d'information devrait me paniquer. Or le vol est calme, paisible. L'avion semble flotter. Tout le monde dort autour de moi. J'attaque un deuxième film ; je ne suis pas détaché au point de m'assoupir ; j'ai cependant le sentiment d'avoir quelques heures de répit devant moi.

Lorsque au milieu de la nuit (je ne parle pas d'heure, car sur un long-courrier, vous n'êtes plus dans le temps de votre point de départ, pas encore dans celui de votre destination et encore moins dans celui des régions survolées qui demeurent une abstraction : à trop couper les fuseaux horaires, on s'embrouille dans les calculs), entre deux films, je consulte le canal qui indique notre parcours, je suis déconcerté à la lecture du nom d'Oulan-Bator. J'ai le sentiment d'être un aventurier parti en exploration au bout du monde. Gengis Khan, le désert de Gobi, les montagnes de l'Altaï... Je passe en revue ce que je sais de la Mongolie. La plupart de mes connaissances me viennent de documentaires diffusés sur Arte. Elles sont volatiles et ne résistent guère au courant d'air provoqué par le chariot poussé par l'hôtesse. Bientôt nous sera servi le petit déjeuner.

Osaka est à cinq films de Paris sans compter les pauses repas, ni les séances d'exercice dans les allées pour favoriser la circulation sanguine. Ce serait tout de même ballot d'échapper à un crash pour développer une thrombose veineuse susceptible d'entraîner une embolie pulmonaire, d'y succomber avant même d'avoir présenté son passeport au douanier, avant même d'avoir obtenu le coup de tampon qui prouvera à la famille que j'ai bien posé le pied au Japon. Cinq films donc pour atteindre Osaka. Un jus de tomate pour Budapest. Albert Londres avait mis quarante-six jours, en bateau, pour rallier le Japon en 1922. Mais comme il l'écrivait dans une de ses chroniques pour *L'Excelsior* dont j'avais lu un recueil avant mon départ (comme si le Japon qui m'attendait pouvait ressembler à celui d'Albert Londres) : « Qu'est-ce que quarante-six jours quand la vie court si vite ? »

19

Kanpai !

Aéroport d'Osaka, au petit matin. Un bus doit me conduire à l'hôtel. À la douane, je rencontre un Français, membre de la délégation que je dois rejoindre, arrivée la veille. Nous sommes les deux derniers à débarquer au Japon. Ce n'est pas son premier séjour ici. Avec lui, je prends le bus, noyé sous ses commentaires. Dans ces premiers instants, si importants, j'aurais préféré la solitude afin de ne pas être pollué par ses propos inutiles. Il ne cherche qu'à étaler sa connaissance du pays. La somme que me verse l'administration pour payer mon hôtel ne me permet pas de séjourner dans le Hilton choisi par l'organisateur. Pour une fois, c'est une chance. Une chambre m'attend au Dai-Ichi, hôtel situé de l'autre côté de la rue. Ce sera pour moi l'occasion de semer mon guide.

Avant de nous séparer, il me propose de me joindre à lui pour aller à Kyoto, à une heure et demie par voie ferrée. La gare est proche. De là où nous sommes, nous entendons les trains. « Le reste de la délégation s'y trouve déjà », précise-t-il. Je prétexte un rendez-vous et fais une croix sur la découverte des temples de Kyoto. Le soir je rejoindrai cette délégation pour un dîner. Suivront quatre jours de cohabitation. Je souffre trop du manque de sommeil pour me mêler à eux d'emblée. Par-dessus tout, je crains la présence de Clara. Je fais tout pour l'éviter.

Déambulation hasardeuse dans les rues d'Osaka. La ville surprend moins par ses monuments que par son organisation en empilement hétéroclite. Elle a l'aspect d'un jeu de cubes tombé entre les mains d'un enfant de deux ans. Osaka semble soumise à une évolution constante et anarchique, les immeubles neufs recouvrant, effaçant des immeubles guère plus anciens mais déjà inadaptés. Cela donne l'impression d'un développement sans règle, sans cohérence. Il faut longtemps marcher dans une ville pour en saisir la distribution. Quelques heures dans le quartier d'Umeda et ses alentours ne me donnent qu'une vue parcellaire de la ville, biaisée par la fatigue inévitable après onze heures de vol, une nuit blanche, sans oublier le décalage horaire.

Le soir, dîner japonais arrosé de vins français ; peut-être pour marquer la rencontre des deux cultures. Je connais presque tous les membres de la délégation, les ai déjà croisés pendant des salons, des *workshops*, des réunions à Paris. Clara n'est pas là. Je n'en éprouve aucun soulagement.

Le repas est pantagruélique. Nous buvons beaucoup. Les *Kanpai !*, premier mot japonais que j'apprends, retentissent. Nous parlons et rions fort. Plus le dîner avance, plus les vins sont fins et onéreux. Invités, nous nous en soucions peu.

Loin de chez nous, nous oublions tout savoir-vivre, toute retenue.

Après le restaurant, les plus raisonnables regagnent leur hôtel. Les autres, plus éméchés, dont je suis, décident de terminer la soirée dans un karaoké. Nous sommes au Japon, tout de même. Dans un immeuble d'un quartier interlope que je ne saurais situer sur une carte, nous pénétrons. Un ascenseur dessert les étages où différentes activités sont hébergées : night-club, restaurant, bar à hôtesses, salons de karaoké, chacune occupant un palier. Une serveuse nous installe dans une petite pièce équipée de banquettes et d'un grand écran sur lequel nous pouvons diffuser les chansons de notre choix. Nous commandons à boire. Quelques-uns se lancent dans des interprétations très personnelles de standards de la musique pop. Le tableau vire au pathétique : des Occidentaux en goguette sombrent dans l'alcool et les clichés. J'assiste à l'inconsistante débauche du voyageur de commerce quand il est loin de chez lui. Pis encore, j'y participe. Il est temps d'aller dormir.

Le lendemain, après la séance des rendez-vous minutés, une soirée cocktail nous est offerte, un *walking-diner* comme le précise la fille de Vive(z) la France. Contrairement au dire de l'organisatrice de cette tournée, tous les Japonais ne sont pas des êtres réservés qui se contentent de sourire en opinant à bonne distance de vous par crainte des microbes. Je passe la soirée avec deux représentantes d'une agence de voyages qui rient de bon cœur à mes plaisanteries sur la vie parisienne. L'une d'elles me bourre même plusieurs fois l'épaule. Des exceptions, sans doute. L'entrée sur scène d'un chanteur qui interprète des standards de la variété française pour le plus grand plaisir des Japonais offre à mon épaule un peu de répit.

Le jour suivant, nous rejoignons Fukuoka, sur Kyushu, la plus méridionale des grandes îles japonaises, à bord du Shinkansen. Ce train a des sièges mobiles qui s'orientent automatiquement dans le sens de la marche. Formidable ! À l'hôtel, nous prenons possession de nos chambres mais devons redescendre sans délai, comme nous le rappelle notre accompagnatrice. Les rencontres commencent dans trente minutes. Épuisé par le décalage horaire, malgré l'injonction de l'organisatrice, je m'octroie quinze minutes de sieste.

Le japonais prévoit toute une gradation dans les excuses, du simple *Shitsurei* (veuillez m'excuser) au plus dramatique *Syazai* (pas de traduction possible ici : à ce stade, il vaut mieux quitter le pays), l'étape suivante étant l'inexcusable et donc le hara-kiri, sans oublier le plus connu *Gomenasai* (je suis désolé). Si j'en crois la froideur de l'accueil qui m'est réservé lorsque je me présente enfin, j'ai atteint l'ultime niveau de cette échelle. Mes quinze minutes de sieste ont duré presque une heure.

20
Tokyo

Je ne pourrai jamais oublier ma première nuit dans la capitale nippone. La phrase est convenue, certes, mais le tourisme, même d'affaires, mène vite au lieu commun. J'ai écarté la possibilité de séjourner dans l'hôtel New Otani, vaste complexe de luxe dans lequel est hébergée la délégation. Trop coûteux. J'ai demandé à l'organisatrice de me proposer une alternative. Son choix s'est porté sur un établissement à peine moins cher mais « idéal pour un premier séjour à Tokyo », m'assure-t-elle.

Il est bientôt minuit lorsque nous arrivons à l'aéroport d'Haneda, plus d'une heure du matin lorsque le bus nous dépose devant l'hôtel New Otani dans le quartier de Chiyoda. Sans tarder, je quitte mes camarades de voyage, file en taxi vers Shibuya à moins de cinq kilomètres de là.

L'expérience du taxi japonais diffère grandement de celle du taxi parisien, lequel, à l'inverse des galets, devient moins poli quand il a beaucoup roulé. S'installer dans un taxi japonais, c'est comme entrer chez une vieille dame. Tout y est recouvert de dentelle blanche. Le mien sentait même la fleur d'oranger, odeur préférable à celle de détergent des sapins parfumés qui masquent la mauvaise habitude de certains chauffeurs parisiens qui fument pendant la pause ou mangent des sandwichs kebab. Mon chauffeur japonais portait même des gants blancs. Les taxis parisiens n'en prennent jamais quand ils me livrent le fond de leur pensée alors que je ne leur ai rien demandé.

Jamais je ne consulte les guides, ni ne regarde les sites Internet de voyages, préférant préserver les surprises, même si, comme je l'ai déjà dit, elles sont rares. Malgré la fatigue, je reconnais, dès ma descente du taxi, le fameux carrefour filmé par Sofia Coppola dans *Lost in Translation*. Je reste un instant sur le trottoir à observer le ballet des piétons qui s'engagent sur les passages zébrés, progressent en masse compacte malgré l'heure avancée de la nuit, se croisent sans heurt comme si la scène était chorégraphiée. Pendant ce temps, le chauffeur, consciencieux, m'indique l'escalator qui mène à la réception de l'hôtel. Il ne partira pas tant que je ne serai pas à l'intérieur. Je me résigne à pénétrer dans le lobby, impatient d'être au lendemain pour goûter davantage l'ambiance de la ville.

Il est presque deux heures du matin lorsque je pousse enfin la porte de ma chambre. Je n'ai qu'une envie : dormir. Pourtant, ma fatigue s'évapore face à la vue depuis ma chambre au douzième étage. Tokyo s'étend sous mes yeux, déroulant sa *skyline* illuminée sur des kilomètres. C'est un cliché qui sur papier glacé ne m'a jamais ému. Pourtant, ce soir, je suis comme un gamin, ébloui par les lumières de la ville, émerveillé. Oléron est une île plate. Hormis le phare de Chassiron, les occasions de prendre de la hauteur sont rares. Je m'endors tard, sans tirer les rideaux afin de profiter jusqu'au bout du spectacle, songeant à la vue de Paris qui s'était offerte à moi depuis la Cité de l'Air du temps, le jour de mon entretien d'embauche. Que de chemin parcouru depuis.

Vient la fin du séjour. Le bilan est décevant. Pas du point de vue professionnel, bien sûr. Hormis ma promenade à Osaka et mon spectacle panoramique, je n'ai rien vu. J'aurais pu y ajouter le paysage traversé par le Shinkansen si mon voisin à bord du train, le chanteur qui nous accompagne durant cette tournée, ne m'avait, tout le trajet durant, raconté sa carrière internationale :

— J'ai eu mon heure de gloire, en Géorgie, mais j'ai dû quitter le pays. C'était devenu instable, à cause de Poutine. Ici, je n'ai pas réussi à faire ma place. J'en suis réduit aux animations de supermarchés. Je fais aussi des mariages. Ce n'est pas brillant. Surtout qu'à Tbilissi, j'étais une vedette de la télé. C'était le bon temps. Maintenant, je n'ai qu'une envie, rentrer chez moi, à Castres.

Heureusement, choisir un hôtel à Shibuya, à distance de la délégation, m'oblige à prendre le métro, à partager quelques instants la vie des Tokyoïtes. Par la Hanzomon *line*, je rejoins la station d'Akasaka-Mitsuke, la plus proche du New Otani. En arrivant à l'hôtel, lieu de la réunion, je découvre son jardin séculaire, son bassin, ses carpes : un jardin japonais – ici ils le sont tous. Malgré l'exotisme du lieu, malgré la majesté de ces poissons probablement très vieux et neurasthéniques à force de tourner en rond depuis des lustres, je réalise que ce spectacle n'est guère plus intéressant que de regarder des poissons rouges dans un bocal. Sans doute ne suis-je pas assez sensible à la symbolique de ce bassin, sans doute n'ai-je pas de disposition pour la philosophie ou la poésie. La seule pensée qui me vient, c'est que ça doit être drôlement chiant d'être une carpe. Je reprends mon chemin. Une réunion m'attend.

Passons sur celle-ci. Le buffet est plus intéressant. Dégustons quelques canapés en buvant du champagne, accompagnés par les interprétations de notre chanteur attitré. Son répertoire, que nous entendons pour la troisième fois, commence à lasser. Évitons la table des desserts sur laquelle sont proposés de beaux gâteaux le plus souvent sans saveur. Et venons-en au seul événement notable de cette soirée.

Il me faut quelques minutes pour me persuader que je ne suis pas victime de la fatigue ou du mal du pays qui parfois vous fait reconnaître chez un parfait inconnu des traits familiers. Ainsi de l'homme qui se tient à quelques mètres de moi. Certes, croiser une connaissance dans un cocktail organisé pour une délégation avec laquelle je voyage depuis cinq jours n'est pas surprenant, mais cet homme vient de plus loin, d'ailleurs, pour ainsi dire d'une autre vie. Après quelques minutes, je le remets enfin, exhumant des tréfonds de ma mémoire des souvenirs vieux de vingt ans. Celui qui se tient là est M. Carmonel, mon professeur d'histoire et de géographie en classe de cinquième au collège du Pertuis d'Antioche de Saint-Pierre-d'Oléron. Pour lui, j'avais préparé l'exposé sur la remise du prix Nobel de la paix à Lech Walesa.

M. Carmonel a quitté l'enseignement pour rejoindre le ministère des Affaires étrangères. J'aimais bien ce professeur. Il a, je le crois, compté plus que d'autres, mais à l'évidence, je ne lui ai laissé aucun souvenir. Pour raviver sa mémoire, je lui dis que j'étais dans sa classe l'année où sa femme lui a offert un pantalon de moto en cuir pour Noël. Il me fixe un instant sans rien dire, se demande sans doute s'il n'a pas affaire à un psychopathe, m'avoue enfin sa surprise quant à la précision de cette anecdote. Moi-même je ne sais pas pourquoi je l'ai retenue. Il n'a pas oublié ce cadeau mais son évocation semble le rendre mélancolique. Peut-être n'aurais-je pas dû lui rappeler ce souvenir. Peut-être n'est-il plus avec la femme qui lui a offert ce pantalon de moto en cuir il y a plus de vingt ans. Peut-être cette rupture est-elle à l'origine de son changement de carrière et de son expatriation à l'autre bout du monde. Je crains d'avoir commis une bourde.

Nous échangeons nos coordonnées en sachant que nous ne nous reverrons jamais. Aucun de nous ne prononce la phrase que plus d'un aurait osée en la circonstance : « Le monde est petit. » Ni lui ni moi n'avons envie d'entériner cette triste réalité.

21

Si tu vas à Rio

— Connaissez-vous Rio, mon petit Benjamin ?

Je me doutais bien que l'idée lui viendrait tôt ou tard. Depuis le temps que les médias nous bassinent avec les BRIC. Brésil, Russie, Inde et Chine sont les nouveaux eldorados du tourisme. Chaque jour atterrissent des Airbus A780 pleins de vacanciers qui veulent connaître Paris et saisir son « air du temps ». Petitclercq ne veut pas passer à côté d'une telle manne. J'essaye quand même de l'en dissuader.

— Vous ne pensez pas qu'il serait préférable d'aller en Chine d'abord ?

Évidemment, je n'ai pas plus l'intention d'aller en Chine qu'au Brésil. J'inventerai bien une raison d'annuler un déplacement à Pékin. Dans l'immédiat, mon objectif est de faire oublier le Brésil à Petitclercq.

— On ne mettra jamais les pieds en Chine, répond-il à ma grande surprise. Je me refuse à ce qu'on se rende dans un pays qui applique la peine de mort.

— Et les États-Unis ?

Nous ne nous y sommes jamais rendus, mais je parie que Petitclercq serait enthousiaste si l'occasion se présentait.

— Eh bien, si nous devons y aller un jour, nous prendrons garde de ne mettre les pieds que dans des États qui ont aboli la peine de mort.

— Et le Japon ?

— Quoi le Japon ?

— Nous y sommes allés. Pourtant ils appliquent la peine de mort.

— Ils appliquent la peine de mort ?

— Oui.

— C'est pas pareil, le Japon. Au moins ils ne sont pas communistes.

Face à sa mauvaise foi, la mienne ne pèse pas lourd. C'est lui le chef. Toutefois, si j'ai pu voler jusqu'au Japon sans perdre la raison, je ne me sens pas d'attaque pour repartir à bord d'un vol long-courrier. J'ai pourtant pu rentrer de Tokyo sans éprouver la moindre crainte. Pendant le vol, je me suis même surpris à admirer la Sibérie vue du ciel. Pendant un long moment, j'ai tenté de discerner dans l'immensité de la toundra les cratères qui se forment sous l'effet du réchauffement climatique et de la fonte du permafrost. Pour l'heure, je ne serais même pas capable de m'approcher d'un aéroport.

Après mon voyage à Tokyo, j'ai croisé un ami, Franck, que j'ai connu en faisant le circuit d'un salon à l'autre. Il travaille pour l'office du tourisme de Lourdes. Quand je l'ai vu, il revenait du Brésil.

— J'étais dans le Sud, à Sao Paulo. Je devais rentrer à Paris dans la soirée mais mon avion pour Rio avait du retard et j'étais un peu juste pour la correspondance, d'autant qu'il me fallait traverser tout l'aéroport pour atteindre le comptoir d'Air France. Je suis descendu de l'avion, résigné à attendre le vol suivant. J'ai rallumé mon portable. Et là, un message de ma fille. Cinq ans. Une merveille. Elle me disait qu'il lui tardait que je rentre. C'était trop mignon. Quand j'entends ça, j'hésite pas, je fonce. Heureusement, je connais bien l'aéroport de Rio. Tu penses, depuis le temps que je le pratique, je sais où il faut aller. Je cours comme un dératé et j'arrive au comptoir juste quand l'hôtesse clôture l'embarquement.

— Elle a pas voulu t'enregistrer sur le vol, je parie.

— D'abord, oui, elle refuse. Je *like* pas, crois-moi.

— Je te comprends.

— Attends. Je lui fais écouter le message de ma fille. Je lui dis que je l'ai pas vue depuis dix jours. Elle craque. Elle rallume son ordinateur et elle m'enregistre.

— Sympa !

— Ouais, je *like*. Mais pour le type derrière moi, elle a rien voulu savoir.

— Dur.

— J'ai pas *liké*, d'autant que l'avion suivant, c'est celui qui s'est crashé en plein milieu de l'Atlantique. T'as vu ça aux infos ? Quand j'ai atterri à Paris, j'ai rallumé mon téléphone : j'avais 237 messages.

J'ai blêmi sans rien dire. Je *likais* pas, moi non plus, mais alors pas du tout.

— Quand je pense que c'est ma fille qui m'a sauvé la vie. Par contre, le pauvre gars qui est resté à Rio…

Comment ne pas deviner dans cet enchaînement des faits une intervention du Très-Haut afin de protéger l'un de ses représentants (de commerce, certes) sur terre ? C'est bien connu, Dieu reconnaît les siens. En pareille situation, qui intercéderait en ma faveur, moi qui ne suis que le colporteur de l'Air du temps ?

Je refuse donc de partir à Rio, révèle enfin à Petitclercq ma phobie de l'avion. Il est déconcerté par mes arguments, ne sait pas comment les contrer. Il accepte de me remplacer sans trop discuter, au grand désespoir de Pelletier qui se voyait déjà sur la plage de Copacabana. Petitclercq n'a qu'une seule exigence.

— Vous garderez mon chien pendant que je serai là-bas, Benjamin. Vous comprenez, je ne peux pas demander ça à mon ex-femme, je ne peux pas non plus le laisser seul pendant une semaine.

— Votre chien ? Mais je ne sais pas si cela va être possible de l'accueillir chez moi. J'ai un chat.

Passe dans le regard de Pelletier une lueur d'espoir : slip de bain et tongs Havaianas.

— Mon chien adore les chats, il est très gentil. C'est un golden retriever, tout ce qu'il y a de plus facile.

— Mais je ne peux pas le garder huit jours dans mon studio, avec un chat qui plus est !

Pelletier sort les palmes.

— Prenez une semaine de congés et rentrez à Oléron, me suggère Petitclercq. Vous pourrez l'emmener courir sur les plages. Ce sera encore mieux pour Le Iench.

Dépité, Pelletier remise son attirail de plage.

22

La valise

Quelques jours plus tard, Petitclercq se présente chez moi avec Le Iench. À peine entrent-ils dans l'appartement que Pouf se hérisse de tout son poil. Du cumulonimbus au stratocumulus. L'orage monte. Je crains de devoir annoncer à Petitclercq qu'il ne me sera pas possible de garder son chien mais dès que Le Iench vient renifler mon chat, ce dernier comprend qu'il n'y a rien à craindre et réduit son volume de moitié.

— C'est donc ça votre studio…

Petitclercq lance un regard circulaire, une inspection qui ne dure guère plus d'une demi-seconde.

— C'est cosy, conclut-il. Le Iench ne sera pas perturbé, c'est à peine plus grand que sa niche ! Je plaisante, s'empresse-t-il d'ajouter. De toute façon, ce n'est que pour une nuit.

En effet, dès le lendemain, je file à Oléron par le train en compagnie de mes deux compagnons, Pouf et Le Iench. Ma valise est prête, ma place achetée, je n'aurai plus qu'à prendre des billets pour eux. Désormais, il faut payer pour les animaux de compagnie. Pas de petits profits pour la SNCF.

Avant de me coucher, je dois descendre Le Iench. Dans la rue, Le Iench tire sur sa laisse en reniflant partout. Les odeurs de la ville l'excitent. Je suis obligé de le raisonner lorsqu'il se met à fouiller dans des poubelles :

— Pas là ! Le Iench, c'est pas propre.

Je décide de rentrer avant d'être pris pour un punk à chien. Dans ce quartier où les animaux portent des noms respectables, Toby ou Ulysse, je risque d'être embarqué par la première patrouille de police avec mon Iench. Je n'ai même pas mes papiers.

De retour au studio, je découvre Pouf en train de se gratter. Petitclercq m'aurait-il donné un sac à puces en garde ? Qui en prime fouille dans les poubelles. Le Iench a dû refiler des puces à Pouf. Mon chat ne sort jamais. Où les aurait-il attrapées ? Dans mes placards, je pars en quête d'une bombe antipuces. Je me souviens en avoir acheté une lorsque Mme Mariette m'a donné Pouf, au cas où, il y a trois ans. Je n'arrive pas à remettre la main dessus. Je finis par dénicher un imperméabilisant pour les chaussures. Cela fera bien l'affaire. Je pulvérise les deux animaux. Braves bêtes, ils ne mouftent pas.

Enfin, je m'endors.

Quand je me réveille le lendemain, Pouf est roulé en boule sur mon lit comme à son habitude, Le Iench, lui, est couché sur le tapis à côté. Il est calme, ne bouge pas, ne réagit même pas lorsque je m'étire alors que le chat, lui, vient immédiatement se frotter à moi. Je l'appelle :

— Le Iench ?

Je le touche du doigt. Le Iench ne réagit pas. Le Iench est raide comme un tronc. Le Iench est mort.

Je me dis que je l'ai sûrement tué avec mon imperméabilisant mais Pouf est là qui le renifle, intrigué, en pleine forme. Il a pourtant subi le même traitement. Aurait-il mangé quelque chose dans une poubelle ? Comment vais-je annoncer la nouvelle à Petitclercq ? Je regarde ma montre. Mon responsable est déjà dans l'avion pour Rio. J'appelle le vétérinaire qui s'occupe de Pouf. Après un bref échange, il me rassure. Le Iench a sûrement fait une crise cardiaque. Ce sont des choses qui arrivent avec les golden retrievers, précise-t-il.

— Mais qu'est-ce que je vais faire de ce chien mort ? lui demandé-je. Je dois prendre le train en début d'après-midi.

— Vous n'avez qu'à me l'apporter, je vais vous en débarrasser.

Le cabinet du vétérinaire est du côté de Châtelet, sur mon trajet vers la gare Montparnasse. À cet instant, je regrette d'avoir écouté Mme Mariette qui me l'a conseillé. Certes, il est sympa, certes c'est un bon praticien, mais lorsque l'on a un chien mort de trente-cinq kilos sur les bras, ce n'est pas pratique. J'ai réussi, non sans difficulté, à caser Le Iench dans une valise. J'ai sur le dos un sac avec mes vêtements, dans une main la cage de voyage contenant Pouf, dans l'autre la valise avec Le Iench.

En sortant de la station Châtelet, mon affaire se complique. Ainsi harnaché, je m'emberlificote dans un portillon, la bretelle de mon sac coincée dans la barre du tourniquet, la valise du

Iench qui ne passe pas et Pouf qui miaule dans sa cage. Serviable, un type décoince la bretelle de mon sac et me propose de passer la valise par-dessus le tourniquet.

— Faites attention, elle est lourde, lui dis-je.

Mais à peine suis-je de l'autre côté que le type part dans l'autre sens, peinant à courir avec sa lourde cargaison. Je n'ai pas le temps de le prévenir qu'il fait une mauvaise affaire : il a déjà disparu dans un couloir de la station.

À la gare, je me dirige vers les guichets. Je dois encore acheter un billet pour mon chat.

— Bonjour madame, je voudrais un billet pour mon chat.

— Par le prochain train au départ ?

Je regarde mon billet, vérifie sur le tableau d'affichage et lui confirme.

— Donnez-moi votre billet.

Sans doute en a-t-elle besoin pour s'assurer de l'horaire, me dis-je. Quelques secondes plus tard, elle me donne un nouveau billet.

— Et voilà, monsieur, votre billet pour Chartres.

— Pour Chartres ? Mais qu'est-ce que vous voulez que j'aille faire à Chartres ?

— Vous y faites ce que vous voulez, mais en général, on y va plutôt en pèlerinage.

Un instant, en repensant à mon camarade miraculé de l'office du tourisme de Lourdes, la perspective d'un pèlerinage ne me paraît pas si incongrue. Bien vite, je chasse cette idée. Il n'est pas question de céder à la superstition.

— Un pèlerinage, non mais vous me prenez pour qui ?

— Mais pour un voyageur qui peut bien faire ce qu'il veut, ça ne me regarde pas. Moi, pour tout vous avouer, je m'en fous un peu. Vous me demandez un billet pour Chartres, je vous donne un billet pour Chartres. Voilà tout !

— Mais je vous ai pas demandé un billet pour Chartres, je vous ai demandé un billet pour mon chat !

En plein *remake* d'un sketch comique. Après une vingtaine de minutes, je récupère un billet pour Saint-Pierre-d'Oléron, moyennant un supplément, le tarif avantageux que j'avais dégoté sur Internet n'étant pas disponible au guichet à la dernière minute. Énervé, je m'installe dans le train *in extremis*. Quand le TGV quitte la gare Montparnasse, me revient l'image du type en train de s'enfuir avec ma valise. Je l'imagine, une fois chez lui, pressé de l'ouvrir et découvrant pour tout butin le pauvre Iench. Cette vision me fait rire. Très vite, je reprends mon sérieux. Comment vais-je annoncer la nouvelle à Petitclercq ?

23

Rome en un jour

Le rassemblement annuel des professionnels du tourisme méditerranéens est un rendez-vous incontournable. Une part importante des visiteurs de la Cité de l'Air du temps vient des pays représentés lors de cette manifestation dont nous n'avons pas manqué une édition depuis quatre ans que j'occupe mes fonctions.

Cette année, les organisateurs ont choisi la Corse et, cerise sur le pompon, les participants s'y rendront en bateau. Les réunions de travail se dérouleront à bord pendant la traversée depuis Nice, où je ne suis pas retourné depuis mes mésaventures hôtelières. Le temps d'escale à Ajaccio sera consacré au rapprochement convivial des participants : excursions et repas corses au programme.

Hormis le mal de mer qui s'empare de moi dès que nous sortons du port de Nice, l'opération est une réussite. Je reviens à la Cité avec des pistes prometteuses pour le développement de la fréquentation de notre établissement. Dès mon retour au bureau, je me mets au travail, envoie un courrier à chacun des professionnels que j'ai rencontrés au cours des quarante-huit heures passées en Méditerranée. Je suis en train de rédiger ces courriers quand mon téléphone sonne. M. Roland, le responsable administratif et financier, me convoque dans son bureau au neuvième étage.

Dans notre société moderne, la communauté de l'entreprise a remplacé celle du village. Le qu'en-dira-t-on s'y diffuse aisément autour de la machine à café, pendant la pause cigarette, à la cantine, lieux qui ont remplacé la boulangerie, l'étal du boucher et le comptoir du bistrot. Pour ceux qui ne fréquentent aucun de ces endroits, il y a radio-moquette. Les commères, les pipelettes de nos villages, dans leur forme moderne, ont trouvé un terrain de jeux parfait dans les bureaux des entreprises. L'ennui n'arrange rien à l'affaire. Il est à l'origine des jalousies que suscitent mes départs incessants. Céder quelques voyages à des collègues ne change rien à l'affaire. Comme cela reste exceptionnel, ils ne perçoivent pas le phénomène d'usure, ni la frustration qui découlent de ces déplacements à répétition. À leurs yeux, je suis un chanceux et même plus. Voyager dans le cadre professionnel est considéré comme un privilège par les sédentaires. Il est inutile de lutter contre cette idée reçue. Alors je leur confirme ma chance. L'effet serait encore pire si je tentais de leur expliquer que ces voyages sont devenus pour moi une corvée, que je me suis lassé.

Cette fois, il n'a pas fallu longtemps pour que se répande une rumeur : je me serais fait payer une croisière en Méditerranée par l'administration. Devant mes yeux, Roland agite la facture envoyée par Vive(z) la France. J'ai toutes les peines du monde à le convaincre qu'il s'agissait bien d'un déplacement professionnel, non de vacances déguisées. Quand je retourne à mon bureau, je suis dépité que l'on ait pu penser cela de moi.

Aussi lorsque me parvient le dossier d'inscription pour une tournée en Italie, Rome, Milan et Turin, je cherche immédiatement un moyen de dissimuler tout ce qui pourra être mal interprété par le service administratif et financier. Heureusement, le dossier m'a été transmis par voie électronique. Il m'est facile d'en supprimer les lignes problématiques. Je fais disparaître le lieu de la réunion à Rome. Que je me déplace pour une journée dans une salle de séminaire de périphérie, laide et fonctionnelle, est dans l'ordre des choses. Mais la rencontre doit se dérouler à la villa Médicis, pis encore, elle est suivie d'un dîner en compagnie de M. l'ambassadeur de France à Rome. Là encore, je supprime l'information. Ainsi épuré, je peux transmettre le dossier au service administratif et financier qui ne rechignera pas lorsque la facture viendra.

Rome donc s'annonce. Malheureusement, ma présence sur place sera de courte durée. Il me faudra dès le lendemain filer vers Milan. C'est ma première visite à Rome. Je n'imaginais pas découvrir ainsi la capitale italienne. J'aurais pu arriver quelques jours plus tôt, profiter des nombreuses merveilles de cette ville, mais je dois représenter Petitclercq, pris par ailleurs, me dit-il, à la première réunion d'un groupe de travail mis en place par le ministère, prévue la veille de la rencontre à Rome. Depuis Rio, je ne suis plus en position de refuser quoi que ce soit à Petitclercq. Le Iench était son dernier lien avec sa femme. J'essaye cependant de l'amener au constat que notre présence à cette réunion ministérielle est facultative. En vain.

— Notre présence est nécessaire. Absolument indispensable même, enchérit-il.

Pourtant, quand je lui demande quelle parole je dois porter lors de cette réunion, il me répond qu'il s'agit avant tout de montrer qu'on est présent et de glaner le maximum d'informations. Traduction : il est largué sur le sujet qui sera abordé et préfère que je me couvre de ridicule à sa place. Pour peu que l'on garde un soupçon d'estime de soi, passer pour un tocard est une expérience toujours pénible.

Hélas, nombreux sont ceux qui ont dépassé ce stade, comme je le constate lors de ce rassemblement. La plupart des établissements ont envoyé leur second, voire troisième couteau. Personne ne se sent très concerné. L'organisatrice a beau se démener, les travaux n'avancent guère. L'objectif est de rédiger un rapport à l'intention du ministre sur le sujet du tourisme culturel. Tant bien que mal, nous parvenons à nous mettre d'accord sur ce que l'un des participants nomme « un cas évident de paronymie ». Comme je ne sais pas de quoi il parle, je n'entre pas dans le débat. Après une heure trente de discussion, ce premier point est épuisé : il s'agit bien d'un rapport « à l'attention », et non « à l'intention », du ministre. Compte tenu du temps consacré à cette question, il est entendu que la liste des thèmes à aborder dans le rapport sera établie lors d'une prochaine réunion. Après quoi, chacun sort son agenda et nous consacrons les trente minutes suivantes à fixer une date qui convienne à tous.

C'est ma première participation à un groupe de travail du ministère qui, au regard de cette expérience, m'apparaît, à l'instar du *workshop*, comme une appellation antinomique : cette instance est à mon sens celle dans laquelle on travaille le moins. Elle constitue cependant un attribut de taille dans la panoplie du fonctionnaire. Le groupe de travail ministériel figure dans le top cinq des faire-valoir, devant le séminaire de direction, derrière le déplacement à l'étranger néanmoins. Celui qui doit me mener à Rome se trouve tronqué après cela. Qu'importe ! Le lendemain, je m'envole enthousiaste à l'idée de découvrir la Ville éternelle.

En descendant de l'avion à l'aéroport de Fiumicino, je découvre que Clara participe à la tournée. Elle a dû se présenter à l'embarquement au dernier moment. L'idée de parcourir Rome à ses côtés, dans son indifférence, gâche d'avance mon plaisir.

Problème avec les bagages : nous devons attendre deux heures la livraison de nos valises. Cette attente m'oblige à une proximité gênée avec Clara. Elle est aussi une perte de temps quand nous en avons si peu pour visiter Rome.

Depuis le taxi qui me mène à l'hôtel, dès que nous entrons dans la ville, j'essaye de voir tout ce que je peux. Le moindre mur délabré me paraît remarquable. La ville déborde de vieilles pierres, d'églises, de ruines antiques. Le soleil brille, l'ocre est partout. Le vert sombre des cyprès dressés dans la lumière rythme notre parcours et repose le regard qui sans cesse fouille la ville en quête de vestiges. « Nouveau venu, qui cherches Rome en Rome / Et rien de Rome en Rome n'aperçois... », écrivait Joachim Du Bellay.

J'ai à peine le temps de poser ma valise à l'hôtel, d'enfiler le smoking que j'ai loué pour l'occasion (un dîner avec l'ambassadeur m'attend) qu'il me faut repartir vers la place d'Espagne et gagner la villa Médicis.

24

Pax Romana

Dès l'entrée, la statue imposante de Louis XIV m'accueille. Du haut de l'escalier, le monarque surplombe le visiteur auquel il semble dire : « Ici tu n'es plus toi, ici tu représentes la culture de la France. » Je redresse les épaules et m'apprête à tenir mon rôle du mieux que je pourrai.

Dans l'escalier, je croise un homme auquel je m'apprête à demander où se passent les rencontres mais il me devance :

— Vous venez pour le service ? Vous êtes en avance, le dîner ne sera servi qu'à vingt heures trente.

— Je représente la Cité de l'Air du temps, je viens pour les rencontres.

— Désolé, s'excuse-t-il, c'est à cause du smoking. Je vous ai pris pour…

Quand j'arrive dans le salon où vont se dérouler les rencontres, je constate que je suis en effet le seul en tenue de soirée.

Avant le *workshop*, je prends quelques minutes pour jeter un œil aux fabuleux jardins. Les pins parasols, majestueux, sont à eux seuls un gage de dépaysement, mais il y a bien sûr tout le reste, l'architecture, la lumière, les sculptures…

Le soir nous devons dîner dans un grand salon dont les fenêtres ouvrent sur Rome. Huit tables ont été dressées afin d'accueillir les représentants des institutions et sociétés françaises, les tour-opérateurs italiens et les quelques journalistes qui sont là. Deux personnes encore m'ont pris pour un serveur. J'ai retiré mon nœud papillon.

L'ambassadeur est présent comme prévu. En l'honneur des invités, il se fend d'un petit discours, en italien. Il le baragouine plus qu'il ne le parle. Chaque fois qu'il semble ne pas connaître un mot, il s'éloigne du micro. Sa phrase alors s'évanouit avant de renaître quelques mots plus loin. Décousu, forcément. Mais la technique fait ses preuves. Tout le monde saisit le sens de son message, conventionnel bien sûr.

Ironie du placement, je suis à la table de Clara. C'est aussi celle de l'ambassadeur et du directeur de la villa Médicis. Ils ont souhaité rassembler autour d'eux les représentants des institutions culturelles de la délégation. Ceux des hôtels, des bateaux-mouches ou des excursionnistes sont installés plus loin. J'aurais dû deviner qu'un dîner avec l'ambassadeur demandait une organisation stricte et profiter du discours pour modifier le plan de table.

Clara est très à l'aise. Elle devise avec son voisin, le directeur. Je suis assis en face d'elle.

— Les jardins sont magnifiques, lance Clara.

— Superbes ! relance ma voisine du Centre des monuments nationaux.

— C'est encore le soir que le parc est le plus beau, précise le directeur. J'aime beaucoup m'y promener à la nuit tombée. On y croise parfois des hérissons qui se promènent sur les pelouses.

— Des hérissons ! s'exclame Clara, attirant toutes les attentions.

Puis se tournant vers moi.

— La mère de M. Lechevalier les cuisine très bien. N'est-ce pas Benjamin ?

— Vous êtes donc d'une famille de gitans ? me demande l'ambassadeur.

Clara ne sait pourtant rien de mes origines. Comment peut-elle avoir eu l'idée de me mettre dans cette position ? Et pourquoi ? Je ne peux que valider cette information. La nier donnerait l'impression de ne pas assumer ses racines, pis encore, de mépriser les gitans.

Me voilà donc à m'inventer des origines espagnoles, des oncles en caravanes aux Saintes-Maries-de-la-Mer, des soirées autour du feu à la guitare… Je ne peux tout de même pas remonter au XVIIIe siècle et à Clémentine Hornec pour justifier les talents culinaires de ma mère.

— La guitare autour du feu, comme c'est pittoresque, enchaîne l'ambassadeur. Moi-même, je suis marié à une Bretonne. J'adore entendre un bon bagad. Aimez-vous le biniou, monsieur Lechevalier ?

Une petite chanson me revient : « Si t'aurais venu / T'aurais mangé de l'andouille… »

Dès la fin du dîner, nous quittons la villa Médicis. Des taxis nous attendent devant l'entrée. Mes collègues s'empressent de rejoindre l'hôtel. Il n'est que vingt-trois heures trente. Je préfère marcher dans la ville avant de rentrer.

Je suis en train de descendre les marches de la place d'Espagne quand une voix m'interpelle.

— Benjamin !

Clara me rejoint.

— Je peux marcher avec toi ? Je n'ai pas envie de regagner l'hôtel tout de suite moi non plus.

— Si tu n'as pas peur de te balader seule en pleine nuit avec un gitan. C'était quoi cette histoire de hérisson ?

— Tu m'as bien fait passer pour une prostituée.

— Après tout ce temps, tu m'en veux encore ? C'était il y a combien ? Trois ans ? Quatre ans ?

— J'avais besoin d'une petite vengeance.

— Soit. Même s'il n'y a pas de mal à être gitan.

— Je sais. Stiech est un nom d'origine bohémienne.

Point commun, sourire.

Nous dépassons la fontaine au bas de la place d'Espagne, imaginée par le Bernin. Y flottent, spectacle pitoyable, des bouteilles de bière et des papiers gras. Une vision qui, chaque fois, éveille en moi un sentiment de honte à travailler au développement du tourisme. Nous remontons la *via dei* Condotti en direction de la piazza Navona. J'ai proposé à Clara de partager une glace pour sceller la paix entre nous.

— Ton ami hôtelier n'est pas venu ?

— Nous nous sommes séparés, me répond-elle. Il y a six mois.

Je joue les attristés mais intérieurement j'exulte. Elle me calme bien vite.

— Crois-moi, ce n'est pas de sitôt que je me laisserai coincer de nouveau. Chat échaudé craint l'eau froide, comme on dit.

— Que s'est-il passé ?

— Oh, un sale égoïste. Il avait décidé de photographier tous les châteaux d'eau de France et de Navarre, méticuleusement. Il fallait y consacrer toutes nos vacances. J'ai craqué quand il a évoqué les Landes. Tu imagines ? Déjà qu'on s'était tapé la Creuse l'été d'avant.

J'imagine bien. Moi-même, l'idée de m'y rendre ne m'est jamais venue. Y séjourner me semble relever d'une contrainte inévitable et ne peut s'envisager qu'en cas de force majeure. Ma sœur Véronique me contredirait. J'ai des Landes une image déformée par le Tour de France. Pour les amateurs de la Grande Boucle, l'étape la plus ennuyeuse à regarder est celle qui traverse ce département. Certes les plus fins connaisseurs y perçoivent un intérêt, tentant de déceler dans la position d'un outsider l'indice d'une stratégie pour les dernières journées de la course, jugeant de la forme physique du leader de telle ou telle écurie qui saura ou non, selon son état, mener son groupe vers une victoire dans le contre-la-montre par équipe qui précède souvent l'ultime étape et le final sur les Champs-Élysées. Mais le spectateur moyen, dont je suis, ne verra dans cette traversée des Landes que de longues lignes droites bordées de pins à perte de vue sur lesquelles roule, pépère pourrait-on croire mais cette impression vient de la faible variation du paysage, un peloton souriant, heureux d'être sorti indemne du calvaire des Pyrénées. Suivant les étapes de montagnes, celle qui conduit généralement de Pau à Bordeaux est d'ailleurs qualifiée par les commentateurs sportifs d'étape de transition. Son seul intérêt est l'arrivée au sprint. À mes yeux, les Landes ne sont qu'une transition entre deux mondes, la montagne et la ville, certainement pas un endroit où l'on peut passer ses vacances.

La glace que nous dégustons sur la piazza Navona n'est pas fameuse. Les bons glaciers se cachent dans des quartiers que nous n'aurons pas le temps d'explorer. J'ai cependant l'impression que c'est la glace la plus savoureuse que j'aie jamais goûtée. Marcher la nuit dans Rome nous offre de la ville une vision différente des clichés touristiques. Des rues vides, des places désertes, des monuments que la lumière de l'éclairage public sublime. Tout nous incite à rester, tout est propice à la confidence. Pourtant, dans la quiétude de cette nuit, nous nous contentons du silence le plus souvent, sans éprouver la moindre gêne. Il est presque trois heures du matin lorsque nous nous résignons à héler un taxi pour regagner notre hôtel sur le corso Trieste.

J'ai parfois lu des romans dans lesquels les auteurs décrivaient la transformation du sentiment amoureux en véritable poison. J'ai l'impression que ce soir Clara et moi aurions pu écrire une histoire différente, inverse. Mais il aurait fallu aborder l'épisode du train de nuit, notre abus d'alcool et le sac en plastique oublié dans sa cabine. Cette histoire me hante. Combien de fois ai-je rejoué la scène en jetant le sac par la fenêtre, attendant ensuite sagement le retour de Clara pour vivre une nuit torride, sensuelle, et peut-être même une belle histoire d'amour. Tandis que je cherche le sommeil dans mon lit, je ne parviens pas à déterminer s'il est trop tôt ou trop tard pour espérer une romance avec elle.

Le lendemain, il est sept heures à peine quand je monte dans le taxi qui doit me ramener à l'aéroport où un avion pour Milan m'attend, moins de vingt-quatre heures après mon arrivée.

25

Retour à Tokyo

Pelletier passe la tête à la porte de mon bureau. Un tsunami vient de frapper le Japon, annonce-t-il. Quelques secondes plus tard, tous les membres du personnel sont connectés aux chaînes d'information en ligne qui diffusent en continu les premières images de la catastrophe, postées sur les réseaux sociaux par les internautes nippons ou prises depuis les hélicoptères dépêchés par les chaînes de télévision. Des personnes fuient à travers champs, des voitures font demi-tour, mais le mur sombre des eaux avance. Il n'y a nulle part où se réfugier. Un film catastrophe en direct.

Très vite les images deviennent insoutenables. Pourtant, hypnotisés, saisis d'une curiosité morbide, nous restons tous face à nos écrans, pointant du doigt une vieille dame sur le point d'être engloutie, un garçon qui choisit la mauvaise direction, une voiture ballottée par les remous boueux dans laquelle des passagers sont pris au piège. C'est comme en 2001 quand je ne pouvais me détacher de l'écran de télévision diffusant en boucle les images des tours jumelles du World Trade Center percutées par les avions puis s'effondrant sur elles-mêmes. Combien d'heures étais-je resté figé, n'écoutant même plus la logorrhée des journalistes ?

Je parviens à m'extirper de ma fascination et me dirige vers le bureau de Petitclercq. Lui aussi a les yeux rivés sur son ordinateur, envoyant en même temps des SMS, participant au buzz qui fait vibrer le monde à l'unisson. J'attends qu'il termine.

— Incroyable, dit-il enfin, avant de lever les yeux vers moi.

— Monsieur, compte tenu des circonstances, je crois qu'il est préférable d'annuler notre déplacement au Japon. Je me vois mal faire du démarchage dans ces conditions.

— Mais qu'est-ce que vous racontez ? Notre déplacement est prévu dans trois mois. Les Japonais auront bien le temps de s'en relever. Vous les connaissez. Ils sont pleins de ressources. Nous serons les premiers à leur témoigner notre soutien en poursuivant le business.

— N'est-ce pas indécent ?

— Au contraire, c'est du respect.

Je n'insiste pas. Ma motivation première était d'éviter un nouveau vol long-courrier. Je suis honteux d'avoir tenté de profiter ainsi du malheur des Japonais.

Trois mois plus tard, je m'envole pour Tokyo. J'éprouve toujours une légère angoisse au dernier moment, quand l'avion se lance sur la piste. Aucune manifestation les jours qui précèdent le départ, ni la veille, ni à l'enregistrement, ni à l'embarquement. Mais, pendant le décollage, je ressens un petit picotement au niveau du ventre et j'agrippe les accoudoirs de mon siège : ma peur de l'avion est toujours là. Le crash du Rio-Paris m'a sans doute fait rechuter. Je consulte le programme des films proposés et me réjouis au moins de pouvoir combler mon retard. Je n'ai pas mis les pieds au cinéma depuis des mois. Comme lors de mon premier voyage, j'atterris au petit matin, à Tokyo cette fois, épuisé par une nuit blanche et cinq longs-métrages.

L'aéroport de Narita est à une heure et demie de route de la capitale nippone. Je m'installe dans le bus à destination du quartier de Shinjuku où j'ai réservé une chambre et, avant même que l'autocar ne démarre, avant même que tous les passagers ne prennent place, je sombre dans un sommeil lourd.

Bien qu'endormi, je sais que j'ai la bouche ouverte. Il est probable que je bave un peu, mais je m'en moque. Je dors enfin. Quand je me réveille, le bus roule sur le pont qui enjambe la baie de Tokyo. Sur ma droite, j'aperçois la tour de Tokyo, petite sœur rouge et blanche de la tour Eiffel. Je tourne la tête vers la gauche pour admirer toute l'étendue de la baie et découvre Clara assise à mes côtés, fraîche et souriante.

— Te voilà enfin réveillé. Bonjour.

Un peu gêné, je passe la main sur ma bouche. Je suis heureux de constater que je me suis bien tenu durant mon sommeil. Je suis surpris par sa présence. Clara a réservé un hôtel dans le même quartier que moi.

— Quel hôtel ? lui demandé-je plein d'espoir.

Il y a peu de motif d'en nourrir, pourtant. Son employeur ne limite pas autant que le mien ses frais de mission. Elle n'a aucune raison de descendre dans des établissements de seconde zone. Elle sort quelques feuilles sur lesquelles elle a imprimé toutes les informations, adresse et plan d'accès. Elle confirme. Son hôtel, le Century, quatre étoiles, se situe au sud de la gare de Shinjuku. Le mien, le Lonestar à sept mille cinq cents yens la nuit, est au nord-ouest, à dix minutes à pied.

Quand le bus nous dépose devant la gare, nous nous séparons, pour une heure seulement. Nous avons rendez-vous dans un café Excelsior (comme le journal pour lequel Albert Londres écrivait ses chroniques japonaises), à deux rues de mon hôtel. Lorsque je la rejoins, elle est assise avec un homme. J'ai déjà croisé ce dernier. Il travaille pour une société de transfert depuis les aéroports. J'aurais préféré la trouver seule.

Le type me tend la main.

— Benjamin, c'est ça ?

Je ne me souviens pas de son prénom. Seulement de son expression : *No zob in the job*.

— Monaco ?

— Non, c'est Patrick, répond-il en rigolant.

Clara rit aussi. Ils séjournent dans le même hôtel.

J'aurais vraiment préféré la trouver seule.

Les jours suivants, nous enchaînons les rendez-vous avec les voyagistes japonais, les dîners d'affaires dans des restaurants de luxe. Avec la presse, nous partageons La Table de Joël

Robuchon à Ebisu. L'établissement est installé dans un château néo-classique remonté pierre par pierre au milieu des gratte-ciel. Pour le touriste occidental qui souffre d'un trop-plein d'exotisme, ce restaurant est un changement bienvenu, un retour à la maison rassurant, apaisant. « Ici au moins, on sait ce qu'on mange et le personnel comprend ce que vous demandez », peut-on lire sur TripAdvisor. Le touriste moderne n'a de cesse de partager son expérience. Autrefois, il se contentait de rapporter un Mexicain en faïence qui n'avait de signification que pour lui, un souvenir personnel. Aujourd'hui, ses souvenirs sont des morceaux choisis pour épater la galerie, pour montrer combien sa vie est formidable. Avec les chefs d'entreprise, sensibles au rapprochement culturel entre la France et le Japon, nous changeons de chef. Nous avons rendez-vous dans le restaurant Beige d'Alain Ducasse dans le très chic quartier de Ginza. Contrairement au château de Robuchon, ici, rien de tape-à-l'œil n'attire le client. Le lieu est réservé aux connaisseurs, à l'élite raffinée et argentée. L'entrée est sobre : une simple vitrine rayée de beige, le même beige qui habillait les murs extérieurs de notre hôtel à Cracovie. L'effet est ici différent toutefois. Un ascenseur conduit au restaurant. Là, deux hôtesses m'orientent vers la terrasse où une table de cocktail est dressée. Je note la vue sur les gratte-ciel alentour. Au milieu du panorama, se détache la Tokyo Tower que j'ai aperçue depuis le bus en traversant la baie de Tokyo il y a trois jours, assis à côté de Clara. Je la cherche du regard. Elle n'est pas arrivée encore. En l'attendant, je discute avec un directeur d'agence de voyages, lui dis combien Tokyo est exaltante. J'en rajoute un peu. Le trajet entre mon hôtel et la gare de Shinjuku est ma seule découverte en quatre jours. Je m'en tiens aux recommandations. Parler de n'importe quoi sauf de la récente catastrophe. Faire comme si.

Partout, dans le restaurant, le logo Chanel. Toute la décoration, des boutons de commande de l'ascenseur jusqu'au mur de la grande salle, est un hommage à Mademoiselle. Les plats, raffinés, traduisent la rencontre de la cuisine française et du terroir japonais. Aussi délicieux soient-ils, je ne les apprécie guère. Clara, malade m'a-t-on appris, n'est pas venue.

L'insomnie ne m'a pas quitté depuis mon arrivée à Tokyo. Au lieu de regagner ma chambre après le dîner au Beige, je décide de me rendre au bar de l'hôtel dans lequel séjourne Clara. Le mien, un deux étoiles fonctionnel, ne propose qu'un service minimum : un distributeur de friandises et de sodas par étage et un poste Internet dans le lobby. Installé au dernier étage d'une tour, le bar de l'hôtel Century offre une vue magnifique sur la ville que la nuit et les lumières électriques transforment en véritable spectacle. Réminiscence de ma première nuit à Tokyo, deux ans plus tôt à l'hôtel Excel de Shibuya. L'émerveillement en moins. Je me demande si le nuage radioactif de Fukushima rend les nuits japonaises plus scintillantes. Je commande une bière dont le prix exagéré se justifie par le panorama. Nombreux sont les clients venus en profiter.

Hormis le personnel, le bar est un concentré d'Occident. J'admire la vue, un peu rêveur, en attendant Clara.

En arrivant à l'hôtel, j'ai demandé à l'un des garçons de la réception de l'appeler dans sa chambre. Il a refusé dans un premier temps, au vu de l'heure tardive. Devant mon insistance et mes explications (des mensonges bien sûr), il a fini par décrocher son téléphone, composer le numéro de la chambre et me donner le combiné. Clara ne dormait pas.

Quand elle me rejoint, je la vois comme la première fois. Elle a pourtant le nez rougi par le rhume. Passer de la moiteur qui règne à l'extérieur aux intérieurs climatisés à outrance peut nuire à la santé. À mes yeux, elle est la même fille que celle de l'Eurostar, il y a quatre ans. Une légère chaleur me gagne, mon cœur s'emballe, comme un programme essorage doux, celui qu'on utilise pour la soie et les tissus délicats. Elle commande une tisane et nous discutons. Je lui raconte la soirée au Beige puis nous dérivons sans le chercher vers des sujets plus intimes. Elle me confie qu'elle en a assez des déplacements.

— Cela fait bientôt sept ans que je fais ça, passer d'une ville à l'autre sans avoir le temps de me poser. J'aimerais voyager au hasard maintenant, sans but précis, rester plus de quarante-huit heures au même endroit, apprendre à connaître les gens.

Je comprends ce qu'elle éprouve. Je lui parle d'Oléron, de ma famille dans laquelle plus personne ne se parle, de mon père qu'on n'a jamais revu. Je découvre qu'elle vient de la Sarthe, que ses parents tiennent une charcuterie au Mans, que son père a décroché deux fois le titre de champion de France de rillettes.

— J'étais tellement fière de lui quand j'étais petite que j'en mangeais même au quatre-heures.

J'en profite pour lui glisser un compliment.

— Ça ne se voit pas.

Du Patrick de Monaco dans le texte. Je regrette cette phrase aussitôt prononcée. Clara ne m'en tient pas rigueur. Elle sait que je suis un mauvais séducteur. Elle poursuit.

— Je n'y avais droit qu'une fois par semaine. Ma mère faisait attention. J'aurais pu m'en gaver à m'en rendre malade.

C'est là mon ouverture pour évoquer l'épisode peu glorieux du train de nuit Paris-Madrid. Je vais enfin pouvoir liquider ce passif. Mais je n'ai pas le temps d'enchaîner. Un air de disco, joué un peu plus fort que les morceaux précédents, envahit le bar. Les clients autour de nous se lèvent et se rassemblent devant le comptoir sur lequel les serveurs – ils sont quatre – montent pour effectuer une chorégraphie qui annonce la fermeture. L'affaire est inattendue pour moi. Les résidents de l'hôtel sont au courant. Nos voisins de table, présents depuis trois jours, sont des habitués déjà. Ils viennent chaque soir assister au petit numéro du personnel avant d'aller se coucher. Il est deux heures du matin. À regret, nous partons nous aussi. Nous nous dirigeons vers les ascenseurs. À son étage, Clara me quitte. Dans trois heures, ensemble à nouveau, nous prendrons un bus pour gagner l'aéroport de Narita et rentrer à Paris. J'ai pourtant l'impression qu'elle me quitte pour toujours, que notre chance, mais sans doute n'était-ce que la mienne, est passée.

26

Derniers instants au Japon

Il est cinq heures et il fait déjà grand jour à Tokyo. Je traverse Shinjuku pour rejoindre l'arrêt de bus, traînant ma valise dans une ville déserte. Les *smoking areas*, les seuls espaces publics où il est permis de fumer, sont vides. Dans les rues, pas d'écolières en jupe plissée, pas de *salary-men* disciplinés, pas de bimbos perchées sur des talons trop hauts : Shinjuku dort encore. En pleine journée, sous les écrans publicitaires géants qui diffusent des clips musicaux, le quartier grouille d'une activité trépidante. Les commerçants haranguent les passants depuis le pas de porte de leur boutique, le bruit des *pachinko* s'échappe des salles de jeu jusque sur le trottoir, tandis que sur les larges avenues, retentissent les klaxons des scooters et des voitures. Régulièrement, gronde un train de la JR *line* sur les voies surélevées. Je croyais que le bruit ne s'arrêtait jamais ici. L'aube me détrompe. À Tokyo, treize millions d'habitants, le calme est possible.

Clara est déjà là, debout à côté de sa grosse valise. À peine sommes-nous installés dans le bus que je décide de lui parler de notre mésaventure ferroviaire.

— Clara, il faut que je te parle de ce qui s'est passé entre Paris et Madrid.

— Je n'ai jamais compris pourquoi tu n'étais pas revenu. Tu l'avais pourtant écrit : « Ma douce, je reviens tout de suite... »

— C'est-à-dire que nous avions tellement bu...

— Et moi, j'ai continué. Je t'ai attendu en buvant un verre de champagne. Puis deux. Et comme tu n'arrivais toujours pas, j'ai vidé la bouteille. Une vraie pochtronne. J'étais tellement saoule que j'en ai été malade. Je le sais parce que le lendemain j'ai trouvé un sac en plastique dans le lavabo. Mais je ne me souvenais de rien. Comment j'ai eu la présence d'esprit de vomir dans ce sac ?

— C'est parce qu'il n'y avait pas d'eau dans ta cabine.

— Dans l'état où j'étais, je ne vois pas comment j'aurais pu y penser. Tout cela reste un mystère.

Même l'entendre parler de sa soûlographie me plaît. Je pourrais l'écouter pendant des heures en la regardant. Je crains tellement de la perdre à nouveau que je préfère mentir, sans vergogne.

— Je suis revenu, mais quand j'ai frappé, tu n'as pas ouvert.

— Et moi qui pensais que tu m'avais posé un lapin. J'avais trop bu, je n'ai rien entendu.

Je ne la détrompe pas.

— Mais pourquoi as-tu mis tant de temps à revenir ?

Heureusement pour moi, notre bus s'arrête devant le terminal 2 de l'aéroport de Narita. Nous devons descendre.

Une fois passés l'enregistrement, puis le contrôle, nous arrivons dans la zone *duty free*. Nous décidons de prendre un petit déjeuner. Nous sommes partis tôt de nos hôtels, à une heure où le service n'avait pas encore commencé. Une fois sustentés, dans l'attente de l'embarquement, nous faisons du shopping dans la vaste zone commerciale.

Lors de mon précédent séjour à Tokyo, j'avais croisé mon professeur d'histoire-géographie. J'avais alors traduit ce drôle de hasard comme une preuve du rétrécissement du monde. Que l'événement se produise une deuxième fois, ici, dans cet aéroport tentaculaire, entérine définitivement cet état de fait. Tandis que nous remontons une allée de la galerie marchande, je vois venir face à nous Julio, un agent de voyages mexicain que je connais bien pour l'avoir rencontré plusieurs fois à Paris.

— Je suis en train de préparer un tour du monde des volcans pour mes clients, me dit-il, en commençant par le Popocatépetl, bien sûr. Je suis arrivé hier de Mexico et j'en ai profité pour aller admirer le Fuji-Yama. Je dois me rendre aux Philippines pour le Pinatubo, après j'irai en Italie. Pour l'Etna. Et devinez quoi ? Je vais aussi venir en France.

— Nous n'avons pas de volcan en activité, pourtant.

Clara nous laisse à notre discussion. Elle veut profiter des derniers instants avant le départ pour acheter quelques présents pour ses collègues.

— Justement, reprend Julio, je veux inclure dans le circuit la visite des volcans d'Auvergne.

Ce sera la dernière étape. Cela permettra d'observer des volcans éteints et surtout de finir par du shopping à Paris.

— Et vous faites donc le tour de ces volcans vous-même pour vous assurer qu'ils sont toujours là ?

— Je veux vérifier que les hôtels que nous allons recommander à nos clients se situent dans des quartiers acceptables. Vous savez bien, il faut éviter que les touristes soient confrontés à la misère locale.

L'ignorance volontaire est la force du touriste. Il peut ainsi jouir des bons côtés du monde, et seulement de ceux-là.

Tandis qu'il poursuit l'exposé de son projet, je sens mes jambes se dérober. Cela ressemble à un coup de faiblesse, de fatigue. Les panneaux publicitaires et signalétiques suspendus au plafond de la galerie marchande se balancent. Julio me regarde d'un air effrayé. Je vois des voyageurs occidentaux qui se tiennent aux murs. Les Japonais sont, eux, habitués aux secousses sismiques. Malgré le traumatisme de la récente catastrophe, ils gardent leur sang-froid. Dans la boutique devant laquelle nous nous trouvons, j'aperçois une vendeuse qui, imperturbable, continue d'empaqueter, selon les règles de l'*origata*, l'achat que vient d'effectuer un touriste. La tradition résiste à tout. Ce n'est pas mon cas. Quand le séisme s'intensifie, le monde m'échappe. Je panique et me répète : « Ça ne va quand même pas finir comme ça. » Sans avoir dit la vérité à Clara, sans lui avoir dévoilé mes sentiments.

27

Nouveau départ

J'ouvre les yeux. Le tremblement de terre est terminé. Je n'ose pas bouger. Je regarde autour de moi. Tout est calme à nouveau. Au ras du sol du moins. Je relève la tête. Les passagers reprennent leur cheminement derrière leur chariot à bagages. Au-dessus de moi, se penche la vendeuse qui tout à l'heure était concentrée sur son emballage.

— *Are you okay, sir ?*

Au milieu de la galerie commerciale, Julio, debout, son attaché-case à la main, n'a pas bougé. D'un air interdit, stupéfait, il me regarde. Je me redresse, porte la main à mon front, en décolle quelques reliefs de M&M's. Nul ne peut imaginer la dureté de ces friandises. Dire que certains adeptes des arts martiaux cassent des briques avec leur tête.

Hormis l'étal de bonbons et le panneau signalétique qu'un agent de l'aéroport ramasse déjà aux pieds de Julio en se confondant en excuses (sur l'échelle japonaise de la contrition, il n'est pas loin du hors-jeu à en juger par l'angle de sa révérence), le tremblement de terre n'a pas provoqué de dégâts. Julio s'avance enfin vers moi. Je me relève.

— Mais qu'est-ce qui vous a pris, Benjamin ?

Dans son dos, je vois revenir Clara. Elle court vers moi, se jette dans mes bras, me dit qu'elle a eu peur.

— J'ai cru que je t'avais perdu, me dit-elle.

Elle m'embrasse. Sa bouche est douce, sucrée, m'évoque la tarte aux pêches de ma mère. Je m'abstiens de le lui dire. Ma mère est à Oléron, à dix mille kilomètres de Tokyo, et elle est très bien là-bas. Nous restons là, les yeux dans les yeux. Le monde autour n'existe plus. Il peut bien s'effondrer à présent. Qu'importe. Il se rappelle à nous cependant par l'intermédiaire de Julio qui tousse, gêné.

L'heure de l'embarquement approche, nous le saluons. Je lui dis de me tenir informé de l'avancée de son projet. Je réalise alors que je viens d'écouter un Mexicain en escale au Japon me parler de l'Auvergne ! Avant de nous quitter, Julio déploie une perche au bout de laquelle il fixe son smartphone et insiste pour prendre un *selfie*. Nous posons, tous les trois, devant un panneau d'orientation sur lequel on peut lire en grosses lettres « Narita Airport ». Dès que nous nous serons séparés, Julio publiera la photo sur Facebook, Twitter et Instagram, montrant une vie de rêve, parfaite, trépidante et bien remplie sur ces réseaux sociaux auxquels nous nous connectons de façon plus exclusive chaque jour, comme si notre univers se résumait à cet affichage. La vision du monde n'a jamais été aussi réduite que depuis qu'elle a pris la hauteur d'une perche à *selfie*.

Clara et moi nous dirigeons vers les navettes qui conduisent au deuxième terminal dédié à l'embarquement, à quelques centaines de mètres de là, dans une position plus avancée sur les pistes. Des navettes automatiques qui partent en alternance, à intervalles réguliers, y conduisent, dans un perpétuel chassé-croisé. Nous prenons place. Depuis la fin des secousses, Clara ne m'a pas lâché la main. Dans l'avion, nous serons assis l'un à côté de l'autre. Je vais passer les onze prochaines heures avec elle, onze heures de vol qui devraient m'angoisser mais je suis déjà sur un nuage. Je ne la laisserai plus filer, je ne veux plus la perdre. Et comme je n'imagine pas que notre histoire puisse débuter par un mensonge, je me promets de tout lui avouer du Paris-Madrid, une fois dans l'avion. Je ne veux pas que cette vieille gaffe hante plus longtemps notre histoire.

L'autre navette arrive en sens inverse, chargée de passagers qui viennent d'atterrir. Le signal sonore de la nôtre retentit, les portes se ferment, nous allons démarrer. Est-ce le manque de sommeil qui me joue des tours ? L'émotion du séisme qui me secoue encore ? Dans la navette qui vient stationner parallèlement à la nôtre, il me semble apercevoir mon père. L'homme est vêtu d'un complet sombre. Ses épaules sont larges comme étaient les siennes. Je m'approche de la vitre, frappe. Il ne m'entend pas. Je frappe de nouveau, plus fort. Clara me demande ce qui me prend, tous les passagers de la navette me fixent. L'homme dans l'autre navette jette un dernier regard à l'intérieur avant de descendre. J'aperçois son visage de trois quarts. Il n'y a pas de doute, c'est lui, ce pourrait être lui, si le temps s'était arrêté. Où qu'il soit, mon père a soixante-dix-huit ans.

Notre navette démarre. Clara me prend la main de nouveau.

— Ça va ? demande-t-elle.

Je serre sa main dans la mienne, lui souris.

— Je vais très bien.

— Tu as vu quelqu'un ?

— Non, personne.

Dans l'avion, je lui parlerai de son idée de partir au hasard. Il paraît que l'on voyage plus loin quand on ne sait pas où on va.

Children smile
Curious and kind
And the world is big again.

« Shanghai Sky »,
de l'album *Big World*,
Joe Jackson.

J'adresse mes plus vifs remerciements à Serge Safran, qui, sans jeu de mots, m'a permis de prendre le large, de tenir le cap, et à Valérie Dumeige : leur regard et leurs conseils ont été précieux dans l'écriture de ce roman ; à Françoise Sureau pour les photos des Pyrénées, de l'Auvergne et des campements sauvages sous les pins, à Cédric Fuster pour celles de la Toscane et à Sophie Larralde, Emmanuel Puech, Ammar Kerkoub, Hassan Khellaf, Manuel Monasterio qui furent de ce voyage ; à Jérôme Picon pour son livre *Huysmans, écrits sur l'art* (GF-Flammarion, 2008), à Freddy Herman pour les voyages à La Courtine, à Franck Delahaye, Philippe Guignard, Anne Kieffer-Meignan, Laurent Michel, Pierre Pibarot, Julien Zimboulas pour leur contribution involontaire, à Yves Carmona, professeur d'histoire et géographie au collège Albert-Camus d'Eysines, aujourd'hui ambassadeur de France au Népal (drôle de rencontre), à Alexandre Therwath pour ses encouragements réguliers, à Karine Do Vale, Vivien Boyer, Audrey Sednaoui et Nathalie Sawmy ; à Cécile, Mathilde et Elliott évidemment.

Table

Prologue 9

1. Promesses de voyages 13
2. Les oiseaux 17
3. *Dolce vita* ? 23
4. Il est parti ! 27
5. *London calling* 33
6. Transports amoureux 39
7. Le charme discret des sous-préfectures 47
8. Les vacances des autres 55
9. Ce Mexicain qui venait du Japon et me parlait de l'Auvergne 61
10. Nice 69
11. Monaco 75
12. Bruxelles 81
13. Madrid 89
14. C'est ma tournée 95
15. Vous connaissez Basildon ? 103
16. Voyager me coûte 109
17. Si t'aurais venu 115
18. J'ai peur de l'avion 121
19. *Kanpai !* 129
20. Tokyo 133

21. Si tu vas à Rio 139
22. La valise 145
23. Rome en un jour 151
24. *Pax Romana* 157
25. Retour à Tokyo 165
26. Derniers instants au Japon 175
27. Nouveau départ 179

12013

Composition
NORD COMPO

Achevé d'imprimer en Espagne
par CPI BOOKS
le 7 janvier 2018.

Dépôt légal : janvier 2018.
EAN 9782290142820
OTP L21EPLN002193N001

ÉDITIONS J'AI LU
87, quai Panhard-et-Levassor, 75013 Paris

Diffusion France et étranger : Flammarion